KB059354

어울림을 배우다

처음 펴낸 날 | 2009년 11월 17일
네번째 펴낸 날 | 2015년 7월 25일

김태완 지음
이우일 그림

책임편집 | 박지웅
편집 | 조인숙, 박지웅
펴낸이 | 홍현숙
펴낸곳 | 도서출판 호미
등록 | 1997년 6월 13일(제1-1454호)
주소 | 서울시 마포구 동교로 41길 32 1층
편집 | 02-332-5084
영업 | 02-322-1845
팩스 | 02-322-1846
전자우편 | homipub@hanmail.net

표지 디자인 | (주)끄레 어소시에이츠
인쇄 | 수이북스
제본 | 은정제책

ISBN 978-89-88526-92-7  03810
값 | 12,000원

호미) 생명을 섬깁니다. 마음밭을 일굽니다.

21
세기에 다시 읽는 사자소학

어울림을
배우다

김태완 지음

호미

# 어울려 살아가는 방법을 가르치는 사자소학

나는 어릴 때 뜻도 모르는 한자로 된 책을 가지고 놀았다. 물론 내가 김시습이나 이이처럼 세 살에 천자문을 떼고 일곱 살에 사서삼경을 읽는 신동이어서가 아니었다. 그냥 내 주위에 천자문이니 명심보감이니 하는 책들이 뒹굴고 있었던 덕분이다. 그 책들 가운데 해묵은 먹 냄새가 나고 빗물 따위에 젖은 흔적이 보이거나 오랜 손때가 묻은 책은 몇 권 없었다. 대부분 시골 장터에서 파는, 한 권에 천자문과 명심보감과 동몽선습이 함께 실린 책들이었다. 그러다 학교에 들어가 한글을 익히고 나서 한자 원문 곁에 달린 한글을 보면서 명심보감을 두어 줄 읽고 풀이를 조금 읽어 보았다. 그랬을 뿐인데도 그렇게 읽은 명심보감 구절이 지금도 생생하여 살아가면서 가끔 인용할 수 있다는 것이 그때 명심보감 글줄이나 읽은 보람이라면 보람이다.

내 아들아이 현일이는 어릴 때 한글로 된 책과 함께 영문자로 된 책을 가지고 놀았다. 그러니까 어릴 때 내 주위에는 한글 책과 함께 한자 책이 놓여 있었는데, 아들아이 주위에는 한글 책과 영문자 책이 놓여 있었던 것이 차이다. 한마디로 시대가 바뀐 것이다. 우리를 지배하던 한자의 시대가 가고 영어의 시대가 왔다. 이런 시대에 한문을 읽거나 옛글을 가르치고 배우는 것은 무슨 의미가 있을까?

한때 초가집을 없애고 마을 길을 넓히는 것이 지상至上 과제이던 때가 있었다. 한문을 낡은 글이라 여기고, 한문을 바탕으로 한 유교 문화를 변혁해야 할 대상으로 치부한 적이 있었다. 왜 없애고 왜 넓혀야 하는지, 왜 변혁해야 하는지 깊이 고민하지도 않은 채로 마땅히 그리해야 되는 줄로만 알았다. 한시라도 빨리 그것에서 벗어나야 하는 줄로만 알았다. 왜, 그리고 어떻게 벗어나야 하는지, 초가집을 없애면 어떤 집을 지을 것인지, 마을 길을 넓히면 무엇이 드나들지에 대해서는 아무런 고민도 반성도 없었다. 그저 없애고 넓히는 것만이 옳고 좋은 일이었다. 그리하여 헐어 버린 초가집과 함께 방 한 구석에 뒹굴던 천자문이니 명심보감이니 소학이니 하는 책들도 사라져 버리고, 새로 들어선 기와집, 아파트와 함께 전기가 들어오고 텔레비전이 생기고 영어책, 수학책, 학습서, 소설책이 자리를 차지하게 되었다.

이제 우리가 다시 초가집에 호롱불을 켜고 살 수는 없다. 허름한 초가집 희미한 호롱불 아래 온 식구가 이마를 마주 대고 오순도순 밥상을 마주하던 때가 높은 아파트 거실의 밝은 전등불 아래 저마다 닥치는 대로 밥을 먹는 지금보다 더 좋았다는 뜻은 아니다. 그때는 그때대로 애환이 있고 지금은 지금대로 희로애락이 있다. 다만 우리가 낡은 것이라 하여 무턱대고 버려야 하는가, 낡은 것은 아무런 가치가 없는 것인가, 낡은 것은 왜 낡게 되었는가 하는 것을 한번 곱씹어 보자는 것이다.

모든 것이 돌고 도는 것이 세상 이치인가! 온 나라 사람이 영어에 목을 매어 아이의 정서적 불안이나 부모의 경제적 부담이야 어찌 되든 영어 하나는 건지는 것이 아니냐고 하면서 어린아이를 홀로 낯선 외국에 어학 연수를 보내고 조기 유학을 시키며, 온 나라가 오직 영어를 잘 해야만 살 수 있다는 강박증에 사로잡혀 지내더니, 어느 때부터는 한자와 한문을 익혀야 한다고 유치원 어린이들까지 들볶고 있다. 내 언젠가 이럴 줄 알았다며, 천대받던 한문을 붙들고 앉았던 사람으로서 잘코사니라고 고소해하는 것은 아니다. 옛것을 버릴 때도 너무 성급하게 버리더니 다시 닦아서 쓰려고 하는 지금도 너무 성급하게 구는 것이 어이 없을 뿐이다.

어느 문화든 오랜 역사를 지닌 문화는 그 나름의 문화적 저력과 가치를 지니고 있기 마련이다. 우리의 옛 문화도 마찬가지다. 우리는 우리 문화에 담긴 의미와 가치를 충분히 곱씹어 보아야 한다. 그리하여 우리 눈으로 보고 우리 스스로 판단해서 버릴 것은 버리고 이을 것은 이어야 한다. 그러지 않고 무턱대고 남의 잣대로, 다른 이의 눈으로 내 것을 보고서는 무조건 남의 것보다 낡았다고, 버려야 한다고 해서는 옳지 않다.


사자소학四字小學은 옛날 학교라 할 서당에서 어린이들이 기초 과정으로 배우던 교과서 같은 책이다. 전체 내용이 네 글자로 된 구절을 둘씩 배열하여 이루어졌기 때문에 '사자소학'이라는 이름이 붙었다. 그런데 언제 지금과 같은 책으로 엮였고 언제부터 널리 읽혔는지 자세한 것은 알 수 없다. 1970년대 내가 살던 경상북도 봉화의 산골 마을에서는 천자문, 동몽선습, 명심보감은 집집마다 있을 정도로 흔했고 심지어 이천자문二千字文이라는 책도 명심보감이나 동몽선습에 합본되어 전해졌다. 율곡 이이가 지은 「격몽요결」을 본 적도 있다. 그러나, 사자소학은

들도 보도 못하였다. 그것은 지금은 사자소학이 한자 학습이나 초보 한문 교육의 필독서로 여겨질 만큼 널리 보급되었지만, 그 역사가 그리 오래 되지 않았음을 말해 준다. 그리고 누가 이렇게 짜임새 있게 엮었는지도 분명하지 않다. 학자들의 연구에 따르면 1932년 전주에서 간행된, 저자를 알 수 없는 목판본이 지금까지 알려진 유일한 간행 기록이다. 그러니까 조선 후기에 일부 지역에서 유행하던 책이, 그 지역에서 필사본이나 목판본으로 간행되어 전해지다가 1980년대 이후 한문 교육이 다시 활기를 띠면서 널리 퍼진 것이 아닐까 짐작할 뿐이다.

사자소학은 보급되기 시작하자마자 아주 널리 알려져서 요즘은 한자 학습이나 한문 학습이라 하면 맨 먼저 이 책을 떠올릴 정도이다. 사실 천자문은 어려운 글자도 많고 중국의 역사와 지리, 문화를 주제로 한 것이라서 한자 학습서로 마땅치 않고, 명심보감이나 동몽선습은 교훈적인데에다 지금과는 동떨어진 내용이 많아 교재로 쓰기에 어색한 점이 있다. 그런 것에 견주어 사자소학은 어려운 글자가 더러 있기는 해도 자라는 아이들 인성 교육을 위한 것이어서 가르치는 사람이나 학부모에게도 꽤 매력적인 교재이다. 사자소학은 많이 알려진 것만 해도 십여 종이 될 정도로 정본이 따로 없다. 필사하거나 편집하는 과정에서 글자와 내용이 조금씩 달라진 탓이다. 이렇게 판본이 많다는 것은 그만큼 이 책이 널리 쓰이고 있고, 여전히 살아서 꿈틀거리고 있음을 보여 주는 것이 아니겠는가?

이 책 「21세기에 다시 읽는 사자소학: 어울림을 배우다」는 전통문화연구회에서 성백효 선생이 편찬한 「사자소학」을 저본으로 삼아, 한자

원문을 쉬운 우리말로 다듬어 풀이한 다음, 그 글에 담긴 의미와 정신을 청소년들의 눈높이에 맞추어 다시 차근차근 설명한 것이다.

사자소학은 한마디로 사람들과의 '관계'에 관한 책이다. 곧, 부모와 자식의 관계, 친구 사이의 관계, 선생과 제자의 관계 등, 살면서 관계 맺는 다양한 사람들과 어떻게 어울려야 하는지 그 지침을 일러 준다. 그러나 시대가 바뀌어, 그 내용이 지금도 옳고 따라야 할 것이 있는가 하면 오늘날에 꼭 들어맞지 않은 것도 있다. 이 책을 쓰면서 줄곧 그 점을 염두에 두었다. 21세기를 살고 있는 지금의 청소년들이 책을 읽으면서 받아들일 것은 받아들이고 버릴 것은 버리기를 기대한다. 그들의 판단력을 믿는다.

장차 사회에 나아가 주인공이 될 우리 청소년들이 이 책을 통해 '어울림의 지혜'를 배울 수만 있다면, 그것이 내가 이 옛글을 오늘에 새로 풀이한 뜻이려니와, 이 책을 위해 희생시킨 몇 그루 나무의 목숨에 온전히 값할 수 있으리라.

2009년 깊은 가을
김태완

# 차례

# 부모 이야기

아버지가 날 낳으시고 어머니가 날 길러 주셨다
뱃속에서 나를 품어 주셨고 젖을 먹여 길러 주셨다

父生我身 母鞠我身　腹以懷我 乳以哺我
부생아신 모국아신　복이회아 유이포아

아버지 어머니, 두 분이 나를 낳아 주시고 길러 주셨습니다. 이전에는 이 구절을 이렇게 풀이했답니다.

"아버지는 나를 낳으시고 어머니는 나를 기르셨다."

그래서 시조라는 옛 노래 가운데 이런 게 있지요.

"아버님 날 낳으시고 어머님 날 기르시니 두 분 곧 아니시면 이 몸이 생겼을까……."

남자가 어떻게 아이를 낳느냐고요?

내가 어릴 때도 이 시조를 배울 때면 짓궂은 아이들이 선생님께 "남자가 어떻게 아이를 낳아요?" 하고 따져 물었답니다. 그러면 선생님께서는 빙그레 웃으시며 "이놈들아, 너희가 커서 어른이 되어 보면 안다"고만 하셨지요.

낳는다는 말은 한 생명을 세상으로 내보내는 것만 가리키는 것이 아니라 사실은 생명이 시작되도록 하는 일도 가리킨답니다. 그래서 아버지가 아기가 될 씨를 주었다고 해서 아버지가 나를 낳으셨다고 한 것이랍니다. 어머니는 그 씨앗을 받아서 몸속에 있는 아기집에서 아기로 자라도록 피와 영양분을 주어 길러서 한 생명이 되도록 한답니다. 그래서 어머니가 나를 기르셨다고 했습니다.

옛날 사람들이 사내아이를 낳으려고 마음을 쓰고 사내아이를 소중하게 생각한 것은 아버지의 아버지, 그 아버지의 아버지, 더 까마득한 옛날 나의 처음 조상이 되는 할아버지부터 나까지 이어진 우리 집안의 생명 씨앗을 아들을 통해서 이어 간다고 생각했기 때문입니다. 그리고 내가 죽으면 내 아들에게서 또 그 아들의 아들에게서 내 삶의 씨앗이 끝없이 이어진다고 생각했기 때문이지요.

그러나 지금은 사내아이든 계집아이든, 남자든 여자든 모두 부모님의 자식이고 또 모두 소중한 생명들이기 때문에 그렇게 생각하고 구별할 까닭이 없습니다. 그래서 아버지와 어머니가 함께 나를 낳고 길러 주셨다고 하는 게 더 좋겠다는 생각이 들어서 이렇게 풀이했습니다.

어머니는 아버지가 주신 아기 씨를 뱃속에 있는 아기집 속에서 열 달

동안 품고 있으면서 한 생명으로 길러 주시고 또 낳아서는 젖을 먹여서 길러 주신답니다.

어머니는 아기를 배 안에서 품고 있는 동안 탯줄을 통해 피와 영양분을 나누어 주고 또 따뜻하고 안전하게 지켜 줍니다. 아내가 우리 아기를 뱃속에 품고 있을 때부터 옆에서 죽 지켜본 나는 세상에 어머니가 얼마나 소중한 분인지 그제야 깨달았답니다.

입덧이라고, 아이가 생기면 몸에서 이상한 느낌이 들어서 속이 메스껍고 토하여 아무것도 먹지 못하는 일도 있지요. 배가 점점 불러오면 또 아기가 몸 안에서 필요한 것을 찾느라 평소에 잘 먹지도 않고 좋아하지도 않던 음식도 마구 찾아서 먹기도 하지, 몸이 무거워지고 배가 부르니 마음대로 걷지도 어디에 함부로 가지도 못하지, 옷도 평소에 입던 옷을 입지 못하고 크고 헐렁한 옷을 입어야 하지, 오랫동안 앉아 있지도 못하지, 그 고생을 정말 말로는 다 할 수 없답니다.

어릴 때 어버이날만 되면 "낳으실 제 괴로움 다 잊으시고 기를 제 밤

母 어미 모 복
以 써 이
懷 품을 회
乳 젖 유
哺 먹일 포

낮으로 애쓰는 마음……" 하고 앵무새처럼 어버이 은혜를 기리는 노래
를 따라 부르기만 할 뿐 그 뜻을 몰랐는데, 아기를 낳고 기르면서 고생
하는 모습을 보고서야 '아하! 저런 것을 보고 부른 노래로구나' 하고 깨
달았지요.

   그래서 옛날 어른들은 시집가고 장가가서 아이 셋은 낳아 길러 보아
야 부모 심정을 안다고 했답니다.

나에게 따뜻하게 옷을 입혀 주시고 배불리 밥을 먹여 주시니
은혜는 하늘만큼 높고 덕은 땅만큼 두텁다

---

以衣溫我 以食飽我　恩高如天 德厚似地
이의온아 이식포아　은고여천 덕후사지

지금도 굶거나 추위에 떠는 사람이 얼마나 많습니까?

세상에 서러운 것 가운데 배고픈 서러움이 가장 크다고 합니다. 돌보아 주는 어른이 없거나 나라의 도움을 받아야 하는 동무들이 방학 동안에는 급식을 받지 못해 굶는다는 얘기를 들으면, 또 텔레비전에서 북녘의 동무들이나 가난한 나라의 아이들, 전쟁을 하는 나라의 아이들이 헐벗고 굶주리는 것을 보면 눈물이 고이곤 합니다.

정말 '진자리 마른자리 갈아 뉘는' 것이 부모랍니다.

엄마는 밤에 한참 깊이 잠들어 있다가도 아기가 오줌을 싸고 울고 있으면 아무리 힘들더라도 얼른 일어나 기저귀를 갈아 주고 젖을 물려 재웁니다. 젖가슴이 묵직해질 때면 어느 샌가 아기가 배고파 울고, 또 아기가 칭얼대면 엄마 젖가슴에는 저절로 젖이 돕니다. 아기가 오줌 싼 자리를 미처 치우지 못하면 축축한 자리에 부모가 눕고 보송보송한 마른자리에 아기를 눕히기도 합니다.

衣 옷 의
溫 따뜻할 온
食 밥 식
飽 배부를 포
恩 은혜 은
高 높을 고

  아이에게 깨끗한 옷을 입히려고 부모가 떨어진 옷을 입는 것은 예전
에는 흔한 일이었습니다.
  언젠가 읽은 어린이 시 '엄마의 런닝구' 입니다.


  작은 누나가 엄마보고
  엄마 런닝구 다 떨어졌다.
  한 개 사라 합니다.
  엄마는 옷 입으마 안 보인다고
  떨어졌는 걸 그대로 입는다.


  런닝구 구멍이 콩 만하게
  뚫어져 있는 줄 알았는데
  대지비만하게 뚫어져 있다.
  아버지는 그걸 보고

런닝구를 쭉쭉 쩼다.

엄마는
와 이카노.
너무 째마 걸레도 못합니다 합니다.
엄마는 새 걸로 갈아입고
째진 런닝구를 보시더니
두 번 더 입을 수 있을 낀데 합니다.

누구라도 좋은 옷을 입고 싶어합니다. 그건 나이가 많은 사람도 마찬
가지입니다. 그러나 어머니 아버지는 자식에게 좋은 옷을 입히려고 떨
어진 옷을 입고 구멍난 양말도 신습니다.

그러면 자식들은 어머니 아버지가 궁상을 떤다고 생각하거나, 아니면
으레 어머니 아버지는 떨어진 옷을 입어도 된다고 생각합니다.

如 같을 여
天 하늘 천
德 큰 덕
厚 두터울 후
似 같을 사
地 땅 지

속옷을 많이 살 수 없는 살림살이라면 부모는 자식을 위해 떨어진 속옷도 기꺼이 입을 수 있습니다. 그래야만 자식한테 깨끗한 속옷을 입힐 수 있기 때문입니다.

옛사람들이 부모님의 은혜를 하늘과 땅에 견준 것은 하늘을 아버지, 땅을 어머니와 같이 생각했기 때문이랍니다. 사람이나 짐승이나 모두 하늘이 낳았고 땅에서 살아가기 때문에 하늘과 땅은 곧 부모나 마찬가지라는 말이지요. 한 어린이가 쓴 '사랑'이라는 시입니다.

나는 우리 엄마가 좋다.
왜 그냐면 기냥 좋다.

어머니 은혜가 하늘만큼 높고 땅만큼 두텁다고 하지는 않았지만 어머니에 대한 사랑과 믿음이 고스란히 들어 있지요?

내 아이가 세 살 때쯤이었습니다. 엄마 품에 안긴 아이가 "나는 엄마가 좋아" 하고 말했습니다. 엄마가 말했습니다.

"나도 현일이가 좋아. 그런데 왜 좋아?"

아이가 대답했습니다.

"몰라. 그냥 좋아."

아마 아이들 마음은 다 똑같을 것입니다.

사람의 자식 된 이가 어찌 효도하지 않을 수 있을까?
은덕을 갚고자 하니 하늘처럼 끝이 없다

爲人子者　曷不爲孝　欲報其德　昊天罔極
위인자자　갈불위효　욕보기덕　호천망극

爲 될 위, 할 위
者 놈 자, 사람 자
曷 어찌 갈
不 아니 (불)부

　부모님 덕으로 태어나서 한 사람으로 살아갈 수 있으니, 우리가 자란 뒤 그만큼 늙고 약해진 부모님께 효도하는 것은 당연한 일입니다.

　옛날에는 사람이 한 집안에서 태어나면 그 집안 울타리 안에서 자라고 혼인을 하여 가정을 이루어서 부모님을 모시고 살았습니다. 둘째, 셋째 아들들도 맏아들이 부모님을 모시고 살고 있는 집 근처에 새로 집을 지어서 살림을 나서 살았습니다. 그러니 부모님과 한 집에 살지 않더라도 같은 마을, 또는 가까운 이웃 마을에 살았기 때문에 늘 부모님을 뵙고 보살펴 드릴 수가 있었답니다.

　그런데 요즘은 초등학교를 나와 상급 학교에 다니게 되면서부터는 부모님을 떠나 다른 곳에서 사는 일이 흔하고, 가정을 이루게 되면 아예 부모님과 따로 떨어져서 사는 게 자연스러운 일이 되었습니다.

　그러다 보니 부모님을 자주 찾아뵙지 못해서 늙으신 부모님을 자주 돌봐 드리지 못하는 경우가 잦습니다. 드물지만, 마음씨가 모진 사람은 늙고 병든 부모님을 아예 외면하고 살기도 한답니다.

돈을 최고의 가치로 생각하는 사회가 되면서 이처럼 인간다운 삶을 잃어버린 경우를 종종 봅니다. 노인이 된 부모님이 더는 돈을 벌지 못해 돈을 쓰게 만든다고 여겨서 그렇게 하는 것일까요? 돌봐 드려야 할 늙고 약한 부모님이 방해가 된다고 여겨서일까요? 그렇지만, 사람은 누구나 예외없이 늙기 마련입니다.

좋은 세상, 살기 좋은 사회는 의지할 데 없는 어린이나 노인, 가난하고 약한 사람을 잘 도와주는 사회입니다. 그렇지만 사회복지 제도가 잘 갖춰져서 모든 할아버지 할머니가 양로원에서 편하게 지낸다고 해서 그분들이 행복한 여생을 보낸다고 할 수 있을까요?

아무리 좋은 사회라도 노인이나 가난하고 약한 사람들을 모두 도와줄 수는 없답니다. 부모와 자식이 서로 의지하고 돕는 것이 자연스럽습니다. 나아가 우리 부모를 공경하고 또 우리 아이를 아끼고 사랑하는 마음이 있으면 저절로 이웃 노인도 우리 부모 같은 생각이 들어 공경하게 되고, 이웃집 아이도 내 아이처럼 아끼고 사랑하게 되는 것이랍니다.

孝 효도 효
欲 하고자 할 욕
報 갚을 보
其 그 기
昊 하늘 호
罔 없을 망
極 다할 극, 끝 극

부모로부터 받은 은혜를 갚는 길은, 살아 계실 때에는 마음과 몸을 편안하게 해 드리고, 돌아가신 뒤에는 늘 기억하고 그리워하는 마음을 갖는 것입니다. 부모에 대한 그리움은 우리가 죽을 때까지 이어지니 하늘처럼 끝이 없다고 할 수 있습니다.

옛사람들은 부모를 그리워하는 마음을 늘 가지고 있으면 마음이 바르고 착하게 된다고 생각했답니다. 부모가 돌아가신 뒤에도 늘 우리 곁에서 가까이 지켜보고 계신다고 생각하면 어떻게 나쁜 마음을 먹고 나쁜 일을 하거나 함부로 아무렇게나 살 수 있겠습니까?

晨必先起 必盥必漱
신필선기 필관필수


부모를 모시는 사람의 몸가짐을 말하는 것입니다.

일찍 일어나서 세수하고 양치질하는 것은 또 하루를 살아갈 준비를 하는 것입니다. 부모님이 잠자리에 누워 계시더라도 자식은 먼저 일어나서 깨끗한 몸과 마음으로 부모님이 일어나시기를 기다립니다. 밤새 편안히 주무셨는지 살피고 또 하루를 살아가시도록 준비를 해 드리기 위해서입니다.

어머니가 밥상을 차려 놓고 몇 번이나 깨워야 겨우 눈을 비비며 일어나는 동무도 있을 테지요. 일찍 자고 일찍 일어나는 것은 어머니를 도와 드리는 것일 뿐만 아니라 자기 자신의 건강에도 좋답니다.

어려서부터 좋은 버릇을 몸에 익히면 평생 동안 좋은 행동을 하게 됩니다. 아기 때는 잠에서 깨면 칭얼대고 어리광을 부리지만 웬만큼 나이를 먹었으니 지금부터 올바른 몸과 마음을 갖도록 연습해야 합니다. 좋은 버릇은 하루아침에 드는 것이 아니니까요. 어려서부터 훈련을 해야 몸에 배는 것입니다.

晨 새벽 신
必 반드시 필
先 먼저 선
起 일어날 기
盥 씻을 관
漱 양치질할 수

　길에 휴지를 버리는 사람, 여러 사람이 쓰는 물건을 함부로 망가뜨리는 사람, 남을 밀치고 자기 혼자 차에 타고 자리에 앉는 사람, 여러 사람이 앉는 전철에서 다리를 쩍 벌리고 앉아 옆 사람에게 피해를 주는 사람, 이런 사람들은 어려서부터 장난감을 아무 데나 두고, 옷을 벗어 아무 데나 팽개치고, 맛있는 것이 있으면 다른 식구는 생각하지 않고 혼자 먹던 버릇이 남아 있는 사람이지요.

　지금부터라도 읽던 책을 정리해 두고 벗은 옷은 개어 두는 습관을 기르면 나중에 어른이 된 뒤에도 남에게 양보할 줄 알고 또 남이 싫어할 일은 하지 않는 사람이 된답니다.

저녁에 잠자리를 봐 드리고 아침에 편히 주무셨는지 여쭈며
겨울에는 따뜻하게 여름에는 시원하게 보살펴 드린다

---

昏定晨省 冬溫夏淸
혼정신성 동온하청

昏 날 저물, 어두울 혼
定 정할 정　冬 겨울 동
夏 여름 하

　부모님을 도와 잠자리를 펴 드리고 방 청소를 거드는 동무는 거의 없
겠지요? 물론 나중에 어른이 되면 늙으셔서 기운이 약해진 부모님을 위
해 저녁에는 잠자리를 보아 드리고 아침에는 편안히 주무셨는지 살펴야
지요. 또 겨울에는 따뜻하게, 여름에는 시원하게 지내실 수 있도록 해
드려야 합니다.

　사랑이란 남에 대해 마음을 쓰는 것입니다. 부모님이 밤새 편안히 주
무셨는지 여쭙는 것은 부모와 자식 사이에 저절로 우러나는 마음이겠지
요. 우리가 어릴 때에 부모님이 우리를 보살펴 주셨으니 자라서는 부모
님의 입을거리와 먹을거리와 잠자리를 보살피며 그 은혜에 보답해 드려
야지요. 흔히 말하듯이 세상에 공짜가 어디 있겠어요? 부모와 자식 사
이에도 공짜가 없다는 말이 야박하다고요?

　부모님이 우리에게 보답을 바라고 사랑을 베풀어 주시지는 않았지
만, 온갖 고생을 하시면서 우리를 길러 주신 은혜에 보답을 해야지요.

부모님이 나를 부르시거든 빨리 대답하고 달려가고
부모님이 나에게 일을 시키시면 거스르거나 게을리 하지 말라

父母呼我 唯而趨進　父母使我 勿逆勿怠
부모호아 유이추진　부모사아 물역물태

呼 부를 호
唯 빨리 대답할, 오직 유
而 말 이을 이

　부모님이 부를 때는 빨리 대답하고 달려가야 합니다.

　여러분이 누군가를 부르는데 그 사람이 늦게 대답하고 꾸물대면 언짢
지요? 부모님도 사람이니까 늦게 대답하고 꾸물대면 언짢기는 마찬가
지랍니다. 부모님이 여러분을 부르시면 일이 있어서 찾으시는 것이니
빨리 대답하고 가 봐야 합니다.

　방학이 되어 한창 재미나게 만화영화를 보고 있을 때, 아버지는 나한
테 밭일 거들러 오라고 하거나 나무를 해 오고 쇠꼴을 베어 오라고 하시
곤 했습니다. 그때는 일손이 무척 바쁜 때라서 아이들도 일을 거들어야
했거든요. 그런데 아이들이 어디 그런가요? 놀고 싶고 또 텔레비전도
보고 싶고 그렇지요. 그래서 오만상을 찌푸리며 나가 밭일을 거듭니다.
그렇게 땀 흘려 밭일을 거들다 보니, 부모님이 가족을 먹여 살리느라 정
말 힘들게 일하시는 것을 자연스럽게 알게 되었지요.

　그런데 요즘에는 부모와 자식 사이에 대화가 줄고 세대 차가 많이 생
겼지요. 부모가 하는 일을 자식이 모르고, 자식이 하는 생각을 부모가

모르니 그럴 밖에요.

예전에는 참 살기가 어려웠던 탓에 많은 부모님이 입버릇처럼 말했습니다. "고생은 내가 할 테니 너는 열심히 공부나 해라." 공부해서 출세해서 당신처럼 고생하지 말고 편하게 살라는 말씀이지요.

이런 생각은 잘못된 생각이랍니다. 자기가 고생해 보지 않으면 다른 사람이 얼마나 고생하는지를 알지 못한답니다.

출세해서 고생하지 않고 사는 게 중요한 것이 아니라 무슨 일이든지 꼭 필요한 일이라면 열심히 하면서 사람답게 사는 게 중요합니다.

또 출세해야 한다는 생각에 사로잡혀 남을 밟고 올라가 혼자 사는 것이 좋은 일인지, 함께 서로 돕고 사는 것이 좋은 일인지 생각해 볼 일입니다.

사람답게 살기 위해서는 반드시 일을 해야 하고, 일이란 무슨 일이든 힘들게 마련입니다. 고생하지 않고 즐기기만 하면서 산다는 것은 삶이 무엇인지 모르는 사람이라고 할 수 있습니다.

趨 달릴 추
進 나아갈 진
使 시킬 사
勿 말 물
逆 거스를 역
怠 게으를 태

　지금 부모님이 나에게 무슨 일을 시키는 것은 앞으로 내가 일을 해야 먹고살 수 있다는 것을 가르쳐 주는 것이랍니다.

부모님이 말씀하실 때는 머리를 숙이고 공손히 들어야 한다
앉아서 말씀하시면 앉아서 듣고 서서 말씀하시면 서서 듣는다

父母有命 俯首敬聽　坐命坐聽 立命立聽
부모유명 부수경청　좌명좌청 입명입청

　부모님이 말씀하실 때에 머리를 숙이고 공손히 들으라고 한 것은, 그 말씀에 무조건 따르라는 뜻이라기보다는 부모님이 하시는 말씀이 무슨 뜻인지 잘 새겨 보라는 의미가 아닐까요?

　부모도 자식에게 무조건 권위를 내세워서는 안 되겠지요. 자식이 부모를 사랑하고 공경하는 만큼 부모도 자식의 기분과 생각을 헤아려서 말을 해야겠지요.

　이처럼 부모 자식 사이에서도 서로 예의를 지켜야 합니다. 부모라고 자식의 기분을 생각하지도 않고 일방적으로 명령만 해서도 안 되고, 자식도 부모님의 말씀을 무조건 시대에 뒤떨어졌다거나 성가시고 고리타분한 잔소리라고 여겨 흘려들어서는 안 되겠지요.

　말을 하거나 들을 때는 상대방이 편하게 듣고 말할 수 있게 마음 쓰는 것이 중요합니다. 상대방은 앉아서 말하는데 서서 들으면 상대방은 올려다보면서 말을 해야 하니까 불편하고, 상대방은 서서 말하는데 앉아

有 있을 유
命 목숨 명, 명할 명
俯 숙일 부
敬 공경 경
聽 들을 청
坐 앉을 좌
立 설 립

서 들으면 건방지게 보이겠지요.

　눈높이가 비슷해야 말을 하거나 들을 때 서로가 불편하지 않습니다. 더구나 부모님에 대해서는 늘 공경하는 마음을 지녀야 하니까 부모님이 편안하게 말씀하시고 들으실 수 있도록 마음 쓰는 것이 중요합니다.

## 부모님이 드나드실 때는 늘 반드시 일어나고
## 부모님의 옷을 넘거나 밟지 말라

父母出入 每必起立　父母衣服 勿踰勿踐
부모출입 매필기립　부모의복 물유물천

　방 안에 온 식구가 모여 앉아 있습니다. 그런데 아버지가 일을 보러 나가신다고 일어서는데 아무도 알은 체하지 않으면 아버지 마음이 어떨까요? 알은 체는 하더라도 건성으로 "다녀오세요" 하고 돌아보지도 않으면 또 어떨까요? 인사를 하지 않는 것만 못하겠지요?

　처지를 바꿔 생각해 볼까요.

　여러분이 바깥에 나가는데 아무도 관심을 가지지 않는다면 어떨까요? 사람과 사람 사이에 서로 관심이 없다면, 그것도 한 식구끼리 관심을 갖지 않고 산다면 그게 사람답게 사는 것일까요?

　부모님이 드나드실 때 반드시 일어나라는 말은 꼭 겉으로 보이기 위해 부모님께 공손한 체하라는 것이 아니라, 부모님이 나가시면 어디에 나가시는가 보다, 들어오시면 어디 다녀오시는가 보다 하고 관심을 가지라는 뜻일 터입니다.

　그리고 부모님이 드나드실 때 일어나면 부모님께 거치적거리지도 않겠지요. 꼭 부모님이 아니라도 한자리에 있던 사람이 드나들 때면 관심

出 날 출
入 들 입
每 매양 매
服 옷 복
踰 넘을 유
踐 밟을 천

을 보이고 드나드는 사람에게 거치적거리지 않도록 마음을 쓰는 것이 아름답겠지요.

여러분의 옷이 방바닥에 펼쳐져 있다고 생각해 볼까요.

누가 그 옷을 밟거나 넘고 다니면 어떻겠어요? 옷을 옷걸이에 걸어 두거나 개어서 옷장에 넣어 두는 것이 깔끔하겠지요?

옷은 그 사람의 인격을 나타내기도 하고 그 사람의 인상을 드러내기도 하고 또 그 사람으로 여겨지는 물건이랍니다. 그래서 어떤 옷을 입느냐, 어떻게 옷을 입느냐 하는 것으로 그 사람의 성격이나 생각을 알 수도 있습니다. 옛사람은 그 사람의 옷과 그 사람을 같이 보았답니다.

"부모님의 옷을 넘거나 밟지 말라"는 구절은 부모님을 대하듯이, 부모님의 옷을, 나아가 부모님이 몸에 지니고 쓰시는 모든 물건을 조심스럽게 다루라는 가르침입니다. 부모님의 옷을 소중하게 대함으로써 부모님을 소중하게 대하는 것이랍니다.

아무리 하찮은 것이라도 부모님의 물건을 소중하게 다루다 보면 절로 부모님을 공경하게 된답니다.

흔히 형식이 중요한 것이 아니라 마음이나 참 알맹이가 중요하다고 하지만 때로는 형식을 잘 갖추고, 또 형식을 갖추려고 노력하다 보면 마음도 그렇게 따라가는 법이랍니다.

마음 가는 곳에 몸이 가지만 거꾸로 몸이 바라는 대로 마음이 생기기도 합니다. 부모님에 대한 사랑은 누구나 태어날 때부터 본래 타고나지만 사랑을 드러내는 방법은 연습을 해야 익숙해진답니다.

부모님이 편찮으시면 근심하면서 낫게 해 드리고
밥상을 받고 드시지 않으면 좋은 음식을 마련할 생각을 해야 한다

---

父母有疾 憂而謀瘳 　對案不食 思得良饌
부모유질 우이모추 　대안불식 사득량찬

부모님도 연세가 들면 아프고 편찮기도 하시지요. 갓 태어난 아기는 조그마한 일에도 놀라고 쉬이 아프고 다칩니다. 그러면 어머니 아버지는 밤새 잠 한숨 못 자고 아기를 위해 걱정하신답니다. 때로는 한밤중에 열이 나는 아기를 업고 병원으로 달려가 닫힌 문을 두드리기도 하지요.

집안에 전해 오는 이야기입니다.

종조할머니는 아들이 없어서 애를 태우다가 늦게 아들을 얻으셨더랍니다. 그 아들을 그야말로 손에서 내려놓을 새도 없이 금이야 옥이야 키우셨답니다.

한번은 제사를 지내려고 고등어를 사 놓았는데 고양이가 그것을 물고 몇 발짝 가서는 뜯어 먹으려고 하더랍니다.

할머니는 "저놈의 고양이가!" 하고 소리만 지를 뿐 안고 있던 아들 때문에 고등어를 빼앗으러 가지 못했답니다.

아들이 너무나 귀해서 바닥에 내려놓을 수가 없었던 것입니다. 고양

 이도 그걸 알았는지 그 자리에서 고등어를 다 뜯어 먹고 유유히 사라지더랍니다.

또 한번은 밤에 갑자기 아기가 아팠더래요. 그래서 전해 오는 갖가지 푸닥거리 방법을 써 봐도 낫지 않아서 밤중에 아기를 업고 절에 불공을 드리러 갔답니다.

헐레벌떡 정신없이 뛰어가는 길에 할머니의 신발이 벗겨졌더랍니다. 할머니는 신발을 다시 고쳐 신을 새도 없이 집어 들고 뛰어가셨나 봐요.

절에 가서 불공을 드리고 나서 아기를 다시 업고 나오는데, 그제야 신발 한 짝이 없음을 깨닫고는 신발을 잃어버렸다고 안타까워했더랍니다. 옛날에는 고무신도 귀했거든요. 같이 온 사람이 "손에 들고 있는 것은 뭔가?" 하고 물었답니다. 그러자 할머니는 "손에 든 것은 손에 든 것이고요" 하고 대답했답니다. 할머니의 대답에 기가 막힌 그 사람이 다시 "그럼 발에 신은 것은 뭔가?" 하고 물었답니다. 그러자 또 할머니가 "발에 신은 것은 신은 것이고요" 하고 대답하더랍니다.

하나는 손에 들고 하나는 신고 있으니 두 짝이 다 있는데도 한쪽 발에 신발이 없으니 한 짝을 잃어버렸다는 생각밖에 하지 못한 것입니다. 정신없이 뛰어가다가 신이 벗겨졌다는 생각은 들었나 봅니다.

아무튼 이렇게 자식이 아프면 자신이 아픈 것보다 더 안타깝게 여기고 근심 걱정을 하는 게 부모랍니다. 그러나 부모가 편찮으시면 자식들은 귀찮게 여기고 서로 책임을 떠넘기려고 하는 일도 더러 있어서 안타깝지요. 물론 자식들도 다 사정이 있겠지만 말입니다. 그러니 부모가 혹시 편찮기라도 할라치면 근심스러운 마음으로 병을 낫게 해 드리는 방법을 찾아봐야겠지요.

요즘은 병원이 많아서 병원에 모시고 가면 치료를 잘 해 주지만 그래도 병상에 누워 계신 부모님을 자주 찾아뵙고 마음을 편하게 해 드려야 합니다.

내가 어릴 때는 등짐장수나 봇짐장수가 있어서 이 마을 저 마을로 다니면서 물건을 팔아서 먹고 살았답니다. 물론 닷새마다 장이 서니까 장날에 물건을 사오지만 한창 바쁠 때에는 장에 가지 못하기도 했어요. 그렇게 되면 열흘이 지나야 장에 갈 수 있지요. 그래서 마을마다 찾아다니는 등짐장수나 봇짐장수들에게 곡식을 퍼서 주고 필요한 물건을 사기도 했지요. 김장철에는 젓갈 장수들이 자주 지나다니고 한창 바쁜 일철에도 가끔씩 지나다녔지요.

한번은 보리인가 조인가를 타작할 때였어요. 아버지가 마당에 개꼬리마냥 탐스러운 곡식 단을 펼쳐 놓고 도리깨로 타작을 하고 있는데 마침 멸치젓 장수가 지나가는 거여요. "멧젓! 멧젓!" 하면서요. 그때 우리가 살던 곳에서는 멸치젓을 '멧젓'이라고 했답니다. 지게에다 멸치젓이 든 큼지막하고 네모난 양철통과 멸치젓 값으로 받은 곡식을 담은 자루를 지고 다녔습니다. 어머니가 아버지와 몇 마디 말씀을 나누고는 멸치젓 장수를 불러 세웠지요. 그러고는 금방 타작한 곡식을 키로 퍼서 몇 되인가 주고 멸치젓 한 보시기를 샀지요. 그것을 끼니때마다 조금씩 종지에 담아서 할아버지 상에 올렸답니다. 내가 살던 시골은 바다에서 먼 곳이라 생선이나 해산물이 참 귀했어요. 겨우 미역이나 김, 겨울에 들어오는 문어, 마른 명태, 여름에 먹을 수 있는 간고등어 정도가 다였지요. 그러니 언제나 먹을 수 있는 젓갈은 아주 쓸모가 있었어요. 할아버지는 짭짤하고 비릿한 멸치젓이나 콤콤한 굴젓 같은 젓갈류를 좋아하셨답니다. 연세가 많아서 맵거나 짜거나 달아야만 맛을 느낄 수가 있으셨지요.

나는 어릴 때 호박 국이 그렇게 싫었답니다. 늙은 호박을 따 두었다가 겨울에 호박 속 씨앗을 긁어내고 딱딱한 겉껍질을 벗겨 내고 굵게 토막을 내어 국을 끓이는데, 그 맛이란 게 아주 달지도 않고 들큼한 맛이었어요. 나는 그 들큼한 맛이 싫어서 입에도 대지 않았는데 할아버지는 그 호박 국을 아주 좋아하셨답니다. 그때는 맛이 달다 못해 쓰기까지 한 '사카린'이라는 게 있었는데 이 사카린을 물에 개서 감주나 물김치의 단맛을 내는 데 썼지요. 겨울밤에는 대접에 물을 담고 사카린을 두세 개 으깨어 푼 다음 젓가락을 서너 개 꽂아 놓고 밖에다 두고 자고 일어나면 사카린을 탄 물이 얼지요. 그러면 그것을 얼음과자 삼아 먹기도 했습니다. 할아버지는 안 그래도 단 호박 국에 사카린을 넣어서 잡수셨답니다. 그리고 가끔 막걸리를 거르고 난 술지게미에 사카린을 넣고 물을 더 넣어서 끼니 삼아 먹기도 했지요. 우리도 얻어먹었어요. 간식으로 먹은 셈이지요. 어린이가 무슨 술이냐고요? 그때는 그랬어요.

우리 아버지 어머니가 남달리 효성이 지극해서 할아버지를 위해 반찬을 마련해 드렸다고는 생각하지 않아요. 그때는 그게 생활이었어요. 누구나 그렇게 하는 게 당연하다고 생각했고요. 먹을 게 귀하고 날마다 먹는 게 늘 같으니 뭔가 색다른 음식을 해 올리고 싶고, 또 연세가 많은 노인들은 입 안이 늘 말라서 입맛이 없으니 입맛을 돋울 게 무어라도 있어야 했지요. 젊은 사람이라면 일을 하고 활동을 해서 배가 고프니 시장을 반찬 삼아서라도 먹을 수 있지만 노인들은 하는 일 없이 가만 계시기만 하니 소화도 잘 안 될 거고 맛 느낌도 떨어지니 입맛이 떨어지기 마련이지요. 그래서 집집마다 노인이 계신 집은 누구라도 노인들이 좋아하는 반찬을 마련하려고 마음을 많이 썼답니다.

요즘은 먹을 게 많고 먹을 게 그리운 세상이 아니라서 그런지 먹을거리를 대수롭지 않게 생각하는 사람이 많은가 봐요. 자기가 먹을 게 그립지 않다고 해서 남도 그럴 거라고 생각하기도 하는 모양이어요. 그래도 평생 넉넉하게 잡수시지 못한 어른들은 아직도 먹을거리를 소중하게 생각하시거든요. 여러분이 맛있어하는 과자나 사탕을 할아버지 할머니도 맛있어하신답니다. 좋은 반찬 좋은 음식이 꼭 돈을 주고 사야 하거나 이름 있는 식당에서만 먹을 수 있는 것은 아니어요. 마음이 들어간 음식, 먹을 사람을 생각해서 만든 음식이면 다 좋은 음식이고 좋은 반찬이지요.

나갈 때에는 꼭 간다고 아뢰고 돌아와서는 찾아뵈며
멀리 가지 않도록 조심하고 갈 때에는 꼭 가는 곳을 알게 한다

出必告之 反必面之　愼勿遠遊 遊必有方
출필곡지 반필면지　신물원유 유필유방

한참 오래 전 일입니다.

어느 목사님이 한 젊은이를 효자라고 칭찬하더군요. 그 젊은이는 목사님 뒷집에 살았는데, 어디에 나가면 부모님께 반드시 어디에 간다고 알리고, 다녀와서는 있었던 일을 낱낱이 말씀드린다는 겁니다. 그래서 효자라는 것이지요.

자기가 한 일을 부모님께 있는 그대로 알리는 마음가짐을 갖고 있다면 어디에 가서 무슨 일을 하더라도 올바른 일을 하겠지요. 부모님께 숨겨야 할 일은 하지 않으려고 할 것입니다.

부모님은 자식이 집에서 나갔다가 돌아오면 바깥에서 무엇을 하고 왔는지 늘 궁금해합니다. 요즘은 텔레비전이 있어서 집 안에서도 세상 소식을 잘 알 수 있지만 옛날에는 세상 돌아가는 사정을 알기 어려웠습니다. 그래서 큰 도시에 다녀온 사람, 군대에서 제대해서 온 사람, 외국에 다녀온 사람이 있으면 그 사람한테서 바깥세상 소식을 듣곤 했습니다.

하물며 사랑하는 자식이 밖에 나갔다가 겪은 일이 얼마나 궁금하고

듣고 싶겠어요?

그런데 자식이 자기가 한 일을 부모에게 숨기거나, 세대 차이가 나서 부모와 말이 통하지 않는다고 "어머니 아버지는 몰라도 돼요!" 하고 상대하지 않는다면 섭섭해하시겠지요? "애들은 몰라도 돼!" 하고 어릴 때 무시당한 것을 되갚는 것은 아닐 테니 말입니다.

옛날에는 교통이 불편하여 조금만 멀리 가더라도 며칠씩 걸리곤 했습니다. 그리고 전화도 없어서 갑자기 어디를 가더라도 연락할 수도 없었답니다. 그래서 식구 가운데 한 사람이 먼 데로 나가면 소식을 알 수 없어서 무사히 돌아올 때까지 걱정이 이루 말할 수가 없었답니다.

내가 초등학교 4학년 때였습니다.

어느 날 학교를 마치고 동무를 따라 이웃 마을로 놀러 갔답니다. 우리 집에서 학교까지 오 리, 학교에서 이웃 마을까지 십 리 남짓 되었습니다. 학교를 마치고 놀러 가서 실컷 놀다 보니 그날은 날이 저물어 집으로 돌아가기가 힘들었습니다.

그날 아침 집에서 나올 때, 나는 동무네 집에 가서 자고 온다고 미리 말씀을 드리지도 않았고, 같은 마을 동무한테 우리 집에 가서 알려 달라고 부탁하지도 않았습니다.

저녁에 아버지 어머니가 일을 마치고 돌아오셨는데 내가 돌아오지 않아 걱정이 이만저만이 아니었습니다.

다행히 우리 마을 동무 하나가, 내가 어느 마을로 누구를 따라가더라고 전해 주어서 한시름 놓으셨답니다. 다음날 집에 돌아와서 크게 혼난 것은 말할 것도 없지요.

요즘처럼 교통과 통신이 발달한 시대라고 하더라도 부모님께 자신이 있는 곳을 알려야 한다는 생각을 갖고 있지 않으면 부모와 자식 사이는 점점 멀어지게 됩니다.

여러분이 더 커서 나중에 부모와 떨어져 살더라도 자주 부모님께 연

遠 멀 원
遊 놀 유
方 모 방, 방위 방

락하여 소식을 전하고 문안을 드려야 합니다. 그리고 동무네 집에 놀러 간다고 했으면 동무네 집에 가고, 오락실에 간다고 했으면 오락실에 가야 합니다. 언제 어디를 가더라도 가는 곳을 정확하게 알리고, 또 말씀 드린 곳에 가야만 여러분들이 어디에 있는지 알고 아버지 어머니가 마음을 놓습니다.

## 문을 드나들 때는 공손하게 여닫고
## 문턱에 서 있지 말고 방 한가운데 앉지 말라

出入門戶 開閉必恭　勿立門中 勿坐房中
출입문호 공폐필공　물립문중 물좌방중

부모님을 모시고 살 때는 문을 열고 닫는 데도 조심해야 한답니다.

우리가 남의 방문을 열고 들어가기 전에 먼저 문을 두드려 손기척을 하지요? 옛날 이야기를 다룬 텔레비전 연속극을 보면 옛사람들은 문을 열기 전에 먼저 헛기침을 하여 들어가겠다는 것을 알리지요? 이처럼 방문을 열고 닫을 때도 공손하고 예절 바르게 여닫아야 한답니다. 여러분의 방문을 누가 함부로 불쑥 연다면 기분이 좋지 않겠지요?

부모님도 마찬가지입니다. 함부로 문을 열거나 쾅 하고 소리 나게 닫는다면 놀라기도 하고 불쾌해지기도 한답니다. 대문도 마찬가지입니다. 요즘은 아파트나 다세대 주택에서 사는 사람이 많은데, 옆집에서 누가 갑자기 대문을 쾅 하고 소리가 나게 닫는다면 깜짝 놀라지요?

문을 열고 닫는 데에서도 그 사람의 교양이 드러난답니다.

요즘 집은 문지방이 아주 낮게 되어 있지요. 시골 할아버지 할머니 댁은 옛날 집이라 문지방이 높게 되어 있는 집이 많지요? 어릴 때 문지방

門 문 문
戶 지게, 집 호
開 열 개
閉 닫을 폐
恭 공손할 공
中 가운데 중
房 방 방

높이가 높아서 우리가 걸터앉아 놀기에 아주 좋았답니다. 문지방에 걸
터앉아 있으면 할머니가 문지방에 걸터앉지 말라고 하셨어요. 논둑 터
진다고요.

옛날에는 논농사가 모든 농사 중에서 가장 중요했답니다. 논에서는
쌀농사를 지어서 주식으로 삼았지요. 밭에는 반찬거리 나물을 심거나
잡곡을 심어서 양식에 보태곤 했지요.

우리가 어릴 때 놀던 놀이 가운데 '하늘땅 놀이'가 있었어요. 고갯길
길섶 물이 내려오는 작은 봇도랑에서 놀던 놀이여요. 두 편으로 갈라서
한쪽은 하늘이고 다른 쪽은 땅이어요. 하늘편이 된 아이들은 위쪽에 흙
을 모아서 둑을 쌓아 물을 가두고, 땅편이 된 아이들은 아래쪽에 똑같은
방법으로 흙을 모아서 둑을 쌓는답니다. 그런 다음 하늘편에서 둑을 허
물어 물을 아래로 내려 보내는데 둑이 터지면 하늘편이 이기고, 둑이 터
지지 않으면 땅편이 이기지요. 이긴 쪽이 농사가 잘 된다고 믿었어요.
아이들 놀이도 이처럼 농사와 관련된 놀이가 많았지요. 그런 만큼 일상

생활 가운데는 농사와 관련된 갖가지 믿음이 많았답니다. 문지방에 앉으면 논둑 터진다는 말도 그런 믿음에서 나온 말이지요. 어쩌면 문지방에 앉아 있으면 문을 드나드는 사람에게 방해가 될 테니까 문지방에 앉지 말라고 그런 말이 나온 것일지 모르겠어요.

재미있는 건 우리 나라 말고도 여러 나라에서 문지방이나 문 가운데 서거나 앉는 것을 꺼린다는군요. 문지방, 문턱은 바깥과 안의 중간이 되는 곳이지요. 성聖과 속俗, 이승과 저승, 밝음과 어두움이 뒤바뀌는 곳을 상징하기도 합니다. 그래서 이런 곳을 신성하게 여기는 것입니다.

아무튼 문지방이나 문턱에 서 있으면 드나드는 데 방해가 되니까 서 있지 않는 것이 좋겠지요. 방 한가운데도 마찬가지여요. 방 한가운데는 중심이 되는 자리입니다. 요즘은 거실이 크고 방도 커서 가운데 누가 있다 해서 크게 성가실 일이 없겠지만 옛날에는 거실이라고 따로 모여 앉는 공간도 없고 작은 방에서 여럿이 함께 생활해야 했기 때문에 한가운데 누가 앉아 있으면 다른 사람에게 방해가 되기 쉬웠지요. 지금도 방이

넓다고는 해도 여러 사람이 방 안에 둘러앉아 있을 때 누가 한가운데 앉아 있으면 앞이 막히기도 하고, 서로 얘기를 나눌 때도 방해가 되겠지요. 더구나 부모님 앞에서는 말할 것도 없지요. 부모님과 함께 앉을 때 방 한가운데 떡 하니 앉아 있는 건 부모님을 무시하는 것처럼 보일 수도 있답니다.

요즘은 집집마다 식구들 가운데서 부모님이나 할아버지 할머니보다 어린이들이 위주로 되어 있는 예가 많아요. 그래서 좋은 음식이 생겨도 어린이들이 먼저 먹고, 옷을 사더라도 어린이들이 입을 옷을 먼저 사지요? 뭐든 어린이들이 중심이 되고요. 사랑을 받고 귀한 대접을 받고 자란 사람이 커서 남을 사랑할 줄도 알고 남을 귀하게 대할 줄도 안대요. 그 말이 맞기는 맞아요. 그렇지만 다 정도가 있답니다. 서로 양보하고 서로 존중하는 것과 나만 알고 나만 최고라고 생각하는 것은 다르지요.

모든 사람이 다 주인이고 모든 사람이 다 소중하다는 것을 알아야 하지요. 그러자면 내가 남들과 어떤 관계에 있는지를 볼 줄 알아야 해요.

다닐 때는 거만하게 걷지 말고 앉을 때는 몸을 기대지 말라
입으로는 쓸데없는 말을 말고 손으로는 쓸데없는 장난을 말라

行勿慢步 坐勿倚身　口勿雜談 手勿雜戱
행물만보 좌물의신　구물잡담 수물잡희

길을 걸어갈 때 거만하게 몸을 흔들며 걷는 태도는 바람직하지 않습니다. 남을 업신여기는 듯이 보이기도 하고, 거만하게 길 한가운데를 느릿느릿 걸으면 바삐 길을 가는 다른 사람에게 방해가 될 수도 있습니다. 그리고 동무끼리 두세 사람이 나란히 걸어가는 것도 좁은 길에서는 방해가 될 수 있습니다. 이처럼 길을 갈 때도 예절이 필요하답니다.

사실 예절이란 거창한 것이 아니라 조그만 일에서부터 남을 배려하는 것이라고 하겠습니다.

앉을 때 몸을 기대는 습관은 바른 몸가짐을 해칩니다.

몸이 똑발라야 등뼈가 바르게 자라고 꼿꼿해서 보기에도 좋고 건강에도 좋답니다. 텔레비전을 보거나 밥을 먹거나 할 때 등을 벽에 기대거나 한쪽 발을 세워서 몸을 무릎에 굽히기도 하는데 이렇게 하면 몸이 자라는 데도 좋지 않고 또 이런 자세로 밥을 먹으면 소화도 잘 안 됩니다.

몸가짐이 반듯하면 남에게 좋은 인상을 줍니다.

行 다닐 행
慢 거만할 만
步 걸음 보
倚 기댈 의

어른들과 함께 있을 때에는 몸가짐에 더 신경을 써야 한답니다. 어른들 앞에서 거만하게 굴거나 몸을 기대고 뻐딱하게 앉는 것은 보기에 좋지 않답니다. 몸이 아파 어디든지 기대야 할 때는 어쩔 수 없지만 말입니다.

어린 아기는 어른들의 말과 몸짓을 흉내 내고 배우면서, 또 장난과 놀이를 통해서 한 사람으로 살 수 있는 힘을 키워 나갑니다. 그러니 쓸데없는 말을 하지 말고 장난하지 말라는 말은 통하지 않을 것 같기도 합니다. 그러나 여기서 말하는 쓸데없는 말, 장난이라는 것은 좀 달리 생각해 볼 수 있을 것 같군요.

남에게 상처를 줄 수 있는 말, 남을 괴롭히는 말, 나쁜 말, 거짓말 같은 것을 '쓸데없는 말'이라고 할 수 있겠지요. 그리고 남의 것을 몰래 가지고 온다든지, 약한 동무를 장난삼아 괴롭힌다든지, 약한 벌레나 동물을 못살게 구는 것을 즐긴다든지, 꽃을 함부로 꺾고 쓸데없이 나뭇가지를 부러뜨리고 하는 따위의 장난을 치지 말라는 것이 겠지요.

어른들도 가끔 알게 모르게 말로 남에게 상처를 입히기도 합니다. 나쁜 말인 줄 알면서 일부러 하기도 하는 걸요. 그러니 어떻게 쓸데없는 말을 아주 안 할 수 있겠어요? 그리고 벌레나 동물을 만지고 때로는 괴롭히기도 하면서 동물과 친해지는 것도 사실입니다. 누구나 이런 과정을 거치면서 배우고 자라기는 해요. 그렇기는 하지만 그런 놀이에서는 빨리 벗어나야 하겠지요.

또 잘난 체하려고 거짓말을 하거나 호기심에서 위험한 장난을 한다든지 하는 것은 정말 생각해 봐야 합니다. 겪어 보고 나서 배우는 것이 가장 확실하게 배우는 것이기는 하지만 모든 것을 하나하나 직접 겪어 보고 나서 배우는 건 아니지요. 남을 통해 배울 수도 있으니까요.

내가 어릴 때였어요. 예닐곱 살쯤 되었을 때일 거예요. 이른 여름에

雜 섞일, 번거로울 잡
談 말씀 담
手 손 수
戲 희롱하다 희

동무들과 함께 어른들이 모심기를 하고 있는 논 옆을 흐르는 개울에서
물고기를 잡으며 놀았지요.

모내기 같은 일은 자기 논이라도 식구끼리만 일을 하는 것보다는 여
러 사람이 품앗이로 하루는 이 집 일, 다음날은 저 집 일 식으로 돌아가
면서 하는 편이 훨씬 일을 즐겁고 빨리 할 수 있답니다.

그래서 모내기 철이 되면 며칠씩 여러 집이 함께 일하기 때문에 모내
기를 하러 나온 집의 아이들도 함께 놀았지요. 놀다가 때가 되면 들밥을
얻어먹고요. 먹을 게 넉넉하지 않던 때라 들밥처럼 맛있는 밥도 별로 없
었답니다.

하루 종일 물고기를 좇아 개울을 오르내리다 보면 정말 배가 고파 헛
것이 보일 지경이 되지요. 그러면 자꾸 들밥을 이고 오는 어머니나 이웃
아주머니들을 목이 빠지게 기다리곤 했어요. 우리 집 논은 기찻길 아래
에 있었어요. 그래서 가끔씩 지나가는 기차를 보면서 때를 가늠하곤 했
지요. 성미 급한 아이들은 기관사 아저씨에게 시간을 물어 보았답니다.

어떻게 하는가 하면, 기차가 모롱이를 도느라 천천히 돌아갈 때 재빨리 논둑이나 개울둑 높은 곳에 올라서서 검지와 가운데 손가락을 겹쳐서 왼쪽 팔뚝의 시계 차는 곳을 두어 번 두드립니다. 그러면 기관사 아저씨는 손가락으로 한 시면 손가락 하나, 두 시면 손가락 둘을 펴 보이지요. 열두 시면 손가락을 모두 활짝 폈다가 다시 손가락 둘을 펴 보이고요. 그리고 분은 십 단위로 십 분이면 손가락 하나, 이십 분이면 손가락 둘 하는 식으로 펴 보입니다. 그러면 우리는 대충 언제쯤 들밥이 오겠구나 하고 짐작하지요.

논 옆에 흐르는 개울은 보통 그 논임자네 개울입니다. 그래서 모를 심는 날은 그날 모를 심는 논임자네 아이가 개울에서 물고기 잡을 때 중심이 되지요. 아주 힘센 아이가 있다면 힘센 아이가 대장이 되기도 하고요. 대장이 지휘하여 물고기를 잡는데 누구하고 누구는 물을 막고 누구하고 누구는 물을 퍼내고 누구하고 누구는 물고기를 몰아오라고 명령을 내립니다.

고기를 잡는 방법은, 우선 물고기가 많이 모여 있는 곳을 골라 그 아래쪽을 흙으로 막습니다. 그리고 그 위도 막고요. 그런 다음 얼른 물을 퍼냅니다. 모두 고무신을 신던 때라 고무신을 벗어 들고 물을 퍼내지요. 개울물을 아무리 막아 놓은들 흘러 내려오는 물 힘으로 금방 터지기 때문에 얼른 물을 퍼내야 하지요. 그러면 물이 줄어들면서 물고기들도 숨어 있던 곳에서 물을 따라 나오지요. 그때 물고기를 잡습니다. 가장 큰 물고기는 잡은 아이가 갖고, 나머지 물고기는 대장이 중심이 되어 적당하게 나눕니다. 물고기가 가장 많이 모여 있는 곳은 실금 밑이랍니다.

실금이란 우리가 살던 곳에서 쓰던 말인데, 흐르는 개울물을 가로질러 나뭇가지로 물을 적당히 모아 두는 곳입니다. 먼저 적당한 곳을 골라 굵은 기둥을 몇 개 박습니다. 그런 다음 나뭇가지와 통나무 같은 것으로 기둥 사이를 가로질러 엮습니다. 그리고 나서 기둥과 가로지른 나뭇가지에 개울의 물살을 따라 또 나뭇가지를 엮어서 받쳐 둡니다. 그렇게 해 두면 흙이 내려와서 나뭇가지와 통나무에 막혀 댐처럼 되지요. 이렇게 해서 고인 물은 실금 옆으로 물길을 내서 논으로 흘러 들어가게 합니다. 그런데 실금의 높이가 보통은 학교 다니기 전 아이들이나 초등학교 낮은 학년 아이들 키만하기 때문에 물은 늘 실금에 고여 있지 않고 실금을 넘어서 흘러갑니다. 실금을 넘는 물은 그대로 흘러가게 내버려둡니다. 물은 흐르는 것이기 때문에 아주 막아서 흐르지 못하게 해서는 안 된답니다. 실금을 넘어서 떨어지는 물의 힘 때문에 개울 바닥은 다른 곳보다 깊게 패입니다. 그리고 기둥을 박아 둔 그 밑까지 움푹 파여서 물고기가 숨기 좋은 곳이 됩니다. 또 실금의 위아래는 물이 많고 다른 곳보다 깊기 때문에 아이들이 물놀이하기에도 좋지요.

여남은 살쯤 된 어느 해에 모내기를 할 때였어요. 한창 물고기를 잡는데 그날 본 것 가운데 가장 큰 물고기가 내 앞으로 지나갔습니다. 얼른 물고기를 잡으려고 고무신으로 덮쳤더니 그 물고기가 실금 밑으로 들어갔습니다. 손가락을 밀어 넣어서 물고기가 나오도록 쑤셨습니다. 그래도 물고기는 나오지 않았습니다. 손가락을 더 밀어 넣었더니 물고기가 손끝에 닿는 듯했습니다. 그래서 더 깊숙이 손을 밀어 넣었지요. 아무리 손을 밀어 넣어도 안 나오기에 놓쳤나 보다 하고는 잊어버렸지요. 그런데 조금 있으려니까 물고기가 허옇게 배를 뒤집은 채 둥둥 떠내려 오는 게 아니겠어요? 배가 눌려서 속이 터진 채로 말입니다. 그걸 본 순간 마음이 온통 새까맣게 되는 기분이었습니다. 아마 그 후로 다시는 물고기를 잡으러 다니지 않았던 것 같아요. 그 물고기는 나에게 하찮은 물고기라도 목숨은 소중하다는 것을 가르쳐 준 선생님이었던 셈이지요.

시골에서 자란 아이들은 다 이런 경험이 있을 거예요. 말하자면 자연이 온통 선생님인 셈이지요. 물고기도, 잠자리도, 나비도, 매미도, 풀도, 꽃도, 다람쥐도, 청설모도, 단풍도, 억새도……, 모두 목숨이 소중하다는 것, 자기 삶을 다 살면 자연으로 돌아간다는 것을 가르쳐주는 선생님이랍니다.

쓸데없는 말과 장난도 때로는 자라는 과정에서 꼭 필요한 선생입니다. 그러나 그걸 통해서 빨리 배움을 얻고 지나가야 합니다. 한 가지 가르침을 얻기 위해 여러 번 같은 일을 되풀이할 필요는 없지 않겠어요? 모든 목숨이 소중하고 모든 것이 서로 삶의 그물로 이어져 있다는 것을 나에게 알려 준 것은 물고기 한 마리의 죽음이었습니다. 그 물고기의 죽음으로도 깨닫지 못했다면 몰라도, 그걸 알고 나서도 또 다른 물고기의 죽음이 필요한 건 아니겠지요.

무릎에 바싹 다가가 앉지 말고 부모 얼굴을 빤히 쳐다보지 말라

膝前勿坐 親面勿仰
슬전물좌 친면물앙


일상생활에서 자식이 부모님을 대할 때의 몸가짐을 말한 것입니다. 어렵게 생각할 것 없이 너무 바싹 다가앉거나 너무 빤히 얼굴을 쳐다보면 서로 불편하지 않겠어요? 어머니 아버지가 안아 주실 때야 좋지만 말이에요.

무릎 앞에 바싹 다가앉지 말라고 했지만, 요즘 아이들은 모두 어머니 아버지 무릎에 앉아서 자라지요. 그러니 이 말도 좀 맞지 않는 것 같지요? 그러나 이 말에도 뜻이 있답니다.


옛날에는 아이들이 모두 할머니 할아버지 무릎에서 컸답니다. 왜 그랬는지 아세요? 아버지 어머니는 일을 하느라 아이들을 돌볼 겨를이 없었기 때문이지요. 옛날에는 보통 할아버지 할머니, 아버지 어머니, 아이들 이렇게 여러 세대가 함께 살았어요. 그러다 보니 한창 일할 때인 아버지 어머니는 농사짓느라고 늘 들에 나가 살다시피 했지요. 그러면 늙어서 일손을 놓은 할아버지 할머니가 아이들을 돌보았답니다. 그냥 놀

고 잡수실 수는 없으니까요. 또 할아버지 할머니들은 기운이 줄고 동작도 느릿느릿하여 아기들과 동작이 비슷해지지요. 그래서 아기들도 할아버지 할머니를 좋아하나 봅니다.

또 한창 왕성하게 자라는 아기들의 따뜻한 기운은 할아버지 할머니들에게 좋은 기운을 나누어 준답니다. 할아버지 할머니는 또 삶의 슬기와 지혜를 이야기로 담아서 아이들에게 들려 주지요. 그래서 부드러운 할아버지 할머니의 기운과 한창 씩씩하고 왕성한 아기들의 기운이 서로 만나면 할아버지 할머니는 건강해지고 아기들은 마구 뻗어만 가는 기운이 부드럽게 다듬어진다고 해요.

그것 말고 이런 뜻도 있답니다. 혹 내리 사랑은 있어도 치사랑은 없다는 말 들어보셨나요? 사람들은 누구나 자기 자식들에 대한 사랑에는 까막눈이 되지요. 그러나 부모에 대해서는 짐으로 여겨 귀찮아하기도 하고, 부모님의 말을 잔소리로 여기고 대수롭지 않게 여기기도 합니다. 그

膝 무릎 슬
前 앞 전
親 어버이, 친할 친
仰 우러를, 머리 쳐들 앙

래서 부모는 열 자식을 키워도 열 자식이 한 부모를 못 모신다는 말이 있답니다. 참 맞는 말 같아요. 제가 살아 봐도 그렇고요.

그러나 만약에 아버지 어머니가 아이들 생각만 하고 늙은 부모님 생각은 하지 않으면 어떻게 되겠어요? 요즘은 그래도 사회보장 제도라도 갖추어져 있으니 덜 하겠지만 옛날에는 어린이 문제와 노인 문제를 모두 집안에서 해결해야 했거든요. 그러니 노인 문제가 아주 큰 문제였어요.

아이들은 자라는 힘이 있어서 잔병치레를 하더라도 웬만큼 앓으면 일어나지만 노인들은 그렇지 않거든요. 나이가 들수록 병도 많아지고, 또 노인들 병이 그냥 며칠 앓다가 일어나는 병이 아니라 대개는 오래 살아오면서 얻은 병이라 누우면 몇 달씩 몇 년씩 걸리는 일도 있고, 오래 앓다가 돌아가기도 하지요. 그러니 노인들 수발 드느라 한두 사람은 꼭 붙어 있어야 하고, 그러다 보면 일도 못하게 되잖아요.

그래서 늙은 부모님을 자칫 짐으로 여기지 않을까 해서, 부모님을 사랑하라고 강조하는 거랍니다. 자식에 대해서는 굳이 사랑하라고 가르치지 않아도 저절로 사랑하지만 말이에요. 그래서 부모보다 자식을 더 귀애하는 사람이 있으면 흉을 보고 나무라기도 하고 했답니다.

내가 어릴 때만 하더라도 아버지가 자기 자식을 안고 다니면 큰 흉이었답니다. 아주 오래 전에 우리 마을의 어떤 아저씨가 군에 있다가 휴가 와서 자기 어린 아들을 안고 뒷산에 올라가 놀다 왔습니다. 그것을 본 동네 어른들이 모두 흉을 보았습니다. 집안에 어른이 계신데 자식만 귀애한다는 것이었지요. 자식을 아끼는 만큼 어른을 소홀히 모신다는 것이지요.

또 그 집 할아버지도 아들이 자기 새끼만 귀애하고 당신 자신은 늙었다고 홀대하는구나 하고 서운해하시겠지요. 늙을수록 조그마한 일에도 쉬 서운해하고 섭섭해한답니다.

우리 외가는 우리 집에서 산길로 30리를 가야 합니다. 내가 아주 어릴 때 어머니 아버지가 외가를 다녀오실 때면 어머니가 기저귀 가방하고 짐 보따리를 든 손으로 나를 업고 갔답니다.

30리 산길을 가는 동안 아버지는 한 번도 나를 업어 주지 않았답니다. 한적한 산속이라 아무도 보는 사람이 없으니 업어 줄 만도 한데 말입니다. 그래서 어머니는 지금도 가끔 그 말씀을 하십니다. 어머니가 아버지에게 "그때는 아무도 보는 사람도 없는데 왜 업어 주지 않았어요?" 하고 물으시면 아버지도 "그러게 말이야" 하십니다. 이런 일도 있었답니다. 어머니가 나를 낳아 놓고 하도 업어 보고 싶어서 어느 날 설거지를 해 놓고 아무도 없을 때 잠시 방에 들어와 얼른 나를 업고 포대기를 둘러 보았답니다. 그런데 방문이 벌컥 열리면서 할머니가 들어오셨다네요. 그래서 얼른 포대기를 벗어 내려놓고 무안해서 후다닥 부엌으로 나갔답니다. 그것을 본 할머니도 빙그레 웃으셨답니다. 첫 아이를 낳아 놓고 얼마나 업어 보고 싶었겠어요? 그래도 마음 놓고 한번 업어 보지도 못했다고 어머니는 이따금 그 시절을 한탄하시곤 합니다.

물론 부모님도 잘 모시고 자식들도 잘 보살피고 하면 좋지만, 사람의 마음이 어느 한쪽으로 쏠리기가 쉽고 대개는 부모님보다는 자식들 쪽으로 마음이 쏠리지요. 그러다 보면 부모님에 대해서는 소홀히 하게 되고요. 그래서 미리부터 자식을 향하는 마음을 막았나 봅니다.

그러나 너무 심하지요? 그렇지만 부모님이 돌아가시고 자기가 늙으면 또 손자 손녀들을 돌보고 자식들의 봉양을 받게 될 테니 그다지 손해는 아니었겠지요? 그리고 할아버지 할머니에서 손자 손녀로 이어져야만 핏줄의 이어짐을 더 실감할 수 있답니다. 부모와 자식 사이에서는 핏줄이 이어진다는 실감을 못해요.

도미노 놀이를 생각해 보세요. 두 개만 달랑 세워 놓고 이어 놓았다고 할 수는 없지요? 적어도 세 개 이상은 세워야 이어 놓았다고 할 수 있겠지요? 그래서 핏줄이 이어진다는 것은 할아버지 할머니와 부모와 자식으로 셋 이상 사이가 이어져야 이어진다고 할 수 있지요.

물론 요즘은 핏줄을 내세우거나 핏줄을 중요시하지는 않지만 옛날 사람들은 손자손녀가 있어야만 자기가 조상이 되고 자기 삶이 영원히 이어진다고 생각했습니다.

# 소리 내어 웃지 말고 큰 소리로 말하지 말라

須勿放笑 亦勿高聲
수물방소 역물고성

須 모름지기 수
笑 웃음 소
亦 또 역
聲 소리 성

웃으면 복이 온다는 말이 있습니다. 또 웃음을 참으면 병이 된다고도 합니다. 한 번 웃으면 한 번 젊어지고 한 번 화를 내면 한 번 더 늙는다고도 합니다. 늙는 것이나 젊어지는 것을 셀 수는 없지만 그만큼 더 늙고, 젊어진다는 말이겠지요.

여기서 "소리 내어 웃지 말라"는 것은 시원하고 맑게, 건강하게 웃는 것을 나무라는 건 아닙니다. 그저 부모님 앞에서는 감정을 너무 과장되게 드러내거나 해서는 안 된다는 정도로 생각하면 좋겠습니다.

너무 큰 소리로 말을 하면 감정이 격해지기 쉽습니다. 아니, 감정이 격해져서 큰 소리로 말을 하는 것이겠지요. 아무튼 너무 큰 소리로 말을 하면 듣는 사람이 불편하답니다.

듣기 좋은 소리로 조용조용 차분하게 말을 하면 듣는 사람도 편안해지겠지요.

부모님을 모시고 앉은 자리에서 성내며 남을 꾸짖지 말고
부모님을 모시고 앞에 앉을 때에는 발을 뻗고 앉거나 눕지 말라

侍坐父母 勿怒責人    侍坐親前 勿踞勿臥
시좌부모 물노책인    시좌친전 물거물와

侍 모실 시
怒 성낼 노
責 꾸짖을 책
臥 엎드릴 와

　원래 이 말은 부모님을 모시고 앉은 자리에서는 종이나 아랫사람을 큰 소리로 야단쳐서는 안 된다는 말이었답니다. 이 말을 요즘에는 부모님 앞에서 형제가 다투지 말라는 것으로 알아 두면 좋겠습니다. 설령, 아우가 잘못한 일이 있다고 해도 부모님 앞에서는 큰 소리로 야단쳐서는 안 된다는 것이지요.

　부모와 자식 사이는 허물이 없다고 해서 함부로 대하기 쉽습니다. 더욱이 요즘은 엄한 아버지보다 친구 같은 아버지가 늘고 있습니다. 그래서 예사로 아버지 등에 올라 말타기를 하고, 아버지와 팔씨름도 합니다. 아버지를 무서워하고 어려워하던 세대로서는 감히 상상도 못할 일입니다만 이런 부모 자식 관계가 나쁘지는 않은 것 같습니다.

　그래도 나이를 먹어 갈수록 우리를 낳아 주고 길러 주느라 힘드신 것을 생각해서, 조금 불편하더라도 부모님 앞에서 다리를 쭉 뻗고 앉거나 멋대로 방 안에 드러눕거나 하지 않으면 좋겠습니다.

몸가짐을 올바르게 하다 보면 공경하는 마음도 생기는 법입니다. 형식적으로 너무 엄격하게 지킨다는 것은 옳지 않지만, 적어도 왜 이런 것을 가르쳤는가 하는 것은 생각해 볼 필요가 있습니다.

부모님께 물건을 드릴 때에는 꿇어앉아서 올리고
나에게 음식을 주시면 꿇어앉아서 받는다

獻物父母 跪而進之　與我飮食 跪而受之
헌물부모 궤이진지　여아음식 궤이수지

獻 바칠 헌
物 물건 물
跪 꿇어앉을 궤

무릎을 꿇는다는 것은 자기를 낮추는 몸짓입니다. 자기를 낮추면 상대방은 저절로 높아집니다.

옛날에는 부모님께 물건을 드릴 때 반드시 무릎을 꿇고서 드렸습니다. 부모님을 하늘처럼 떠받들며 이처럼 공경했습니다. 그러나 요즘은 모든 사람의 인격을 똑같이 대하는 것이 보편화되어 부모라 해도 이렇게까지 대하지는 않습니다.

그렇더라도 부모님이나 스승은 공경하고 따르는 것이 아름다워 보입니다. 부모님은 나를 사람으로 낳아 주신 분이고, 선생님은 나를 사람답게 살아갈 수 있도록 이끌어 주는 분이니까요.

물건을 받을 때도 마찬가지입니다. 공손하게 받는 것이 좋겠지요. 그러나 옛날처럼 꿇어앉아 받는 것은 지금으로서는 걸맞지 않습니다.

옛날 양반들의 살림살이는 아버지 방, 어머니 방이 따로 있어서 아침저녁으로 부모님 방문 밖에서 문안을 드린 다음에 방에 들어가 뵈었습

而 어조사 이
與 줄 여
飮 마실 음
受 받을 수

니다. 밥은 찬모나 유모가 있어서 챙겨 주고, 다른 자질구레한 일은 모두 하인들이 보살펴 주었기 때문에 아버지, 어머니와 물건을 주고받을 일이 별로 없었습니다. 그래서 아버지, 어머니와 물건을 주고받는 것은 특별한 의미가 있었답니다. 그러니 받을 때나 드릴 때나 저절로 꿇어앉게 되는 것입니다.

그러나 지금은 한 방에서 생활하고 아버지, 어머니와 늘 얼굴을 맞대고 살아가기 때문에 무언가 주고받을 일이 참으로 많습니다. 그때마다 꿇어앉아서 드리고, 꿇어앉아서 받는다면 무척 성가신 일이겠지요. 당장 아버지, 어머니가 더 불편해하실 겁니다.

어쨌든 일일이 꿇어앉아서 드리고 꿇어앉아서 받을 수는 없더라도 공손한 마음과 태도로 드리고 받는 것은 아름다운 일입니다.

그릇에 음식이 있더라도 주시지 않으면 먹지 말라
맛있는 음식을 얻으면 돌아가 부모님께 드린다

器有飮食 不與勿食　若得美味 歸獻父母
기유음식 불여물식　약득미미 귀헌부모

요즘은 부모가 맞벌이하는 집이 많아서 동무들이 학교 다녀와서 혼자서 밥을 먹는 일이 흔합니다. 어머니가 일하러 나가시면서 아예 찬장이나 냉장고에 따로 먹을거리를 마련해 두고 찾아서 먹으라고도 합니다. 그러니 "음식이 있더라도 주시지 않으면 먹지 말라"는 말이 요즘에는 맞지 않은 듯도 합니다.

그러나 곰곰 생각해 보면 이 말은 음식이 있다고 해서 마음대로 먹어서는 안 된다는 말이겠지요. 어머니가 나중에 따로 쓰시려고 남겨 둔 것일 수도 있고 다른 식구를 위해 남겨 놓은 것일 수도 있을 테니까요.

어쨌든 먹을거리가 있으면 그것을 먹어도 되는지 여쭈어 보는 것이 옳습니다.

요즘은 예전에 견주어 먹을거리가 풍족해져서 남겨 뒀다가 누구를 갖다 준다거나 하는 일은 거의 없어졌습니다. 또 그렇게 남겨 와서 줘도 그리 달가워하지도 않고요.

하지만 내가 어릴 때만 해도 먹을 게 귀해서 먹을거리를 숨겨 뒀다가 주는 게 정의 큰 표시이기도 했답니다.

마을에 잔치가 있으면 이틀 사흘 전부터 음식을 장만하는데, 동네 아주머니들이 다 모여서 지지고 볶고 굽고 하는 냄새가 온 마을에 푹 젖어들 때면, 아이들은 슬금슬금 잔칫집에 모여들어 기웃거리곤 했습니다. 그러면 어떤 아주머니들은 눈치껏 부침이나 전 같은 것을 치맛자락에 숨겨서 자기 아이를 불러서는 담 너머나 울타리 밑으로 내 주곤 했습니다. 주인집에서도 으레 그러려니 여겨서 대 놓고 하지 않는 한 크게 나무라지는 않았습니다. 그게 인심이었으니까요.

초등학교 2학년까지는 학교에서 빵을 나누어 주어서 먹었습니다. 한 반이 60명쯤 되었는데 빵은 날마다 40개쯤 줬기 때문에 하루건너 한 개씩 받았습니다. 그때는 먹을 것이 귀하고 늘 배가 고프던 때라 빵을 타면 집으로 오는 도중에 다 먹어 버렸습니다. 그런데 우리 마을 동무 삼영이는 그러지 않았습니다. 삼영이는 아버지가 정신이 약간 이상해져서 날마다 돌아다니기만 하여 어머니와 형제들이 늘 일을 해야만 했습니다. 겨울에는 아침은 늦게 저녁은 일찍 하루 두 끼만 먹는다고도 했습니다. 삼영이는 아버지 때문인지 성질이 좀 못되어서 나도 괴롭힘을 몇 번 당하여 별로 좋아하지 않았습니다. 그런 삼영이가 빵을 받으면 할머니가 좋아하신다고 매번 고스란히 남겨서 가져가더군요. 그 뒤로 삼영이를 다시 보게 되었습니다. 나도 동생도 있고 할아버지 할머니가 계시니 한번 먹지 않고 가져가 보리라고 작정했습니다만 한 번도 남겨가 보지 못했던 것 같습니다.

아무튼 먹을 게 귀한 때라 귀하고 특별한 먹을거리가 있으면 어른은 자식들을 위해, 자식들은 어른을 위해 혼자 다 먹지 않고 남겨두곤 했습니다.

중국에는 이런 이야기가 있답니다. 오랜 옛날에 중국이 수많은 작은 나라로 나뉘어 있을 때였습니다.

어느 나라 임금의 부인이 아기를 낳을 때가 되었습니다. 그런데 보통은 아기를 낳자면 참 힘들게 산통을 겪는데, 어찌 된 영문인지 잠을 자고 일어나 보니 아기가 뱃속에서 나와 있는 것이었습니다. 깜짝 놀란 어머니는 재수가 없다고 생각해서 슬그머니 아기를 미워하기 시작했습니다. 그리고 또 얼마 뒤 아이를 또 하나 낳았는데 이번에는 정상으로 낳았습니다. 그래서 어머니는 맏아들보다 작은아들을 더 사랑하게 되었답니다. 남편인 임금에게 작은아들을 후계자로 삼아 달라고 날마다 졸랐습니다. 그러나 임금은 후계자를 그런 식으로 함부로 바꾸면 나라가 어지러워진다고 생각하여 들어주지 않았습니다. 그래서 재수 없는 맏아들이 임금이 되었습니다.

그러자 이번에는 아우에게 땅을 좀 떼어 주라고 맏아들한테 자꾸 졸랐습니다. 그래서 좋은 땅을 떼어 주었더니 아우는 어머니의 사랑만 믿고 야금야금 이웃 지역의 땅을 삼키기 시작했습니다. 그러다가 마침내 세력이 커지자 어머니와 짜고 나라를 아예 차지하려고 작정했습니다.

작은아들은 바깥에서 쳐들어오고 어머니는 안에서 문을 열어 주기로 한 것입니다.

그 사실을 알게 된 맏아들이 작은아들을 쳤습니다. 작은아들에게 속해 있던 지역 사람들도 작은아들한테 등을 돌려서 작은아들은 이웃나라로 도망갔습니다. 맏아들은 나라의 반역자를 도왔다고 해서 어머니를 별궁에 가두고는 "황천에 들어가지 않고서는 다시는 어머니를 보지 않겠다"고 맹세했습니다.

황천이란 땅 속에 있다는 누런 샘인데, '황천에 들어간다' 거나 또는 '황천 간다' 는 말은 죽어서 땅에 묻히는 것을 말합니다.

맏아들은 홧김에 이렇게 맹세를 했지만 얼마 안 가서 뉘우치는 마음이 일었습니다. 자기는 어머니를 가둬 놓고 죽기 전에는 다시 보지 않겠다고 해 놓고서 백성에게는 부모에게 효도하라고 한다면 말이 되지 않겠지요. 아무튼 어머니는 자기를 미워했어도 자기는 어머니를 미워할수가 없었던 것입니다.

마침 이 나라에 영이라는 땅이 있었는데, 이 땅을 다스리는 이는 영고숙이라는 사람이었습니다. 영고숙은 임금이 뉘우치고 있다는 말을 듣고 어떤 물건을 올린다는 구실로 임금을 찾아왔습니다.

임금은 영고숙을 위해 잔치를 열었습니다. 영고숙은 상에 올린 갖가지 음식을 맛있게 먹으면서 고깃국만은 숟가락도 대지 않았습니다. 이상하게 여긴 임금이 왜 고깃국은 먹지 않느냐고 물었습니다. 영고숙은 이렇게 대답했습니다.

"임금님, 저희 어머니는 제가 먹는 음식은 모두 맛을 보셨습니다. 그런데 임금님이 주시는 고깃국은 아직 맛을 보지 못하셨습니다. 그래서 제가 차마 먹지 못하는 것입니다."

이 말을 들은 임금은 한숨을 쉬면서 말했습니다.

"그대는 음식을 가져다 드릴 어머니가 계시는구려. 나는 어머니가 없다오."

영고숙은 이 말이 무슨 말인지 알면서도 모르는 척하면서 임금님의 어머니가 돌아가셨다는 말은 듣지 못했는데 무슨 말씀이냐고 물었습니다. 임금이 지금까지 일어났던 일을 들려주었습니다. 그러자 영고숙은 이렇게 말했습니다.

"임금님, 그게 뭐 그리 어려운 일이라고 하십니까? 제 말씀대로 해 보십시오. 임금님이 계신 궁궐과 어머님이 계신 별궁의 가운데쯤 되는 곳에 땅을 파서 지하 궁전을 만든 뒤 '황천'이라고 이름을 붙여 놓고 거기서 만나 보십시오. 그러면 누가 황천에 들어가기 전에는 어머님을 보지 않겠다는 맹세를 어겼다고 하겠습니까?"

이 말대로 한 임금은 다시 어머니와 모자 관계를 회복했다고 합니다.

영고숙은 효성이 지극한 사람이었는데, 자기가 효성스러운 마음을 가지고 있어서 남까지도 감동을 시킨 것입니다.

자기에게 맛있는 것은 남에게도 맛있습니다. 부모님이 연세가 많아질

수록 우리보다 맛있는 것, 귀한 것을 맛보실 기회가 줄어드는 것입니다. 그러니 하루라도 더 살아 계실 때 귀한 것, 맛있는 것이 있으면 맛을 보여 드리는 것이 좋습니다.

음식점에서 가끔 할아버지 할머니부터 어린 손자 손녀까지 한 식구가 서로 권해 가면서 음식을 나눠 먹는 것을 보면 참 보기 좋습니다.

꼭 좋은 음식점에 가지 않더라도 맛있는 것이 있으면 부모님에게도 보여 드리고 함께 나눠 먹는 것이 어떨까요?

옷이 마음에 들지 않더라도 주시면 반드시 입고
싫어하는 음식이라도 주시면 반드시 먹어야 한다

衣服雖惡 與之必著　飮食雖厭 與之必食
의복수악 여지필착　음식수염 여지필식

나는 어릴 때 남의 눈길을 끌거나 남의 눈에 띄는 것을 참 부끄러워했
습니다. 특히 화려한 옷이나 특이한 차림을 싫어했습니다.

내가 네댓 살쯤 된 어느 여름이었습니다.

외가에서 예쁜 새 옷을 보내왔습니다. 외손자로는 첫 손자라 외할머
니의 사랑이 듬뿍 담긴 옷이었습니다. 윗도리는 하늘하늘한 천에 새하
얀 색깔이었고 주머니 두 개가 아랫배 부분에 달려 있었는데, 그 주머니
에는 내가 기억하기로 천 조각으로 아기 돼지 모양을 오려서 붙여 놓았
습니다. 그런데 문제는 작고 붉은 단추로 아기 돼지의 눈을 달아 놓았다
는 것이었습니다. 나는 그 옷을 입지 않겠다고 고집을 부렸습니다.

우리 아재(삼촌 아저씨)는 잔정이 많고 사치를 즐기는 편이서 귀여운
조카를 잘 차려입혀서 안고 나가 동네에 보이고 싶어했습니다. 그래서
나를 으르고 달래며 그 옷을 입히려고 했습니다. 그러나 나는 한사코 울
면서 버텼습니다.

그랬더니 동네 우물에 빠뜨린다며 나를 안고 우물가로 가서 우물 위

에서 던지는 시늉을 했습니다. 아재에게 바싹 매달려서 우물을 내려다 보니 밑을 알 수 없는 검은 우물이 입을 딱 벌리고 있어서 겁이 더럭 났습니다. 그래서 입겠다고 항복을 하였는데, 딱 한 번 입고 다시는 입지 않았습니다.

그런데 아이를 낳아 길러 보니 그때 아재의 마음을 알겠더군요. 우리 아이도 어릴 때부터 자기가 좋아하고 싫어하는 옷이 있었습니다. 마음에 드는 옷은 더러워도 입으려 하고 마음에 들지 않는 옷은 아무리 깨끗하고 좋은 옷이라도 입지 않으려고 해서 엄마와 자주 다퉜습니다.

아내가 아이에게 큰소리로 윽박지르면 옷이라도 마음대로 입을 수 있도록 두라고 하면서도 슬며시 옛 생각을 떠올리곤 합니다. 아내도 끝내 아이의 고집을 꺾지 못하면 그 아버지의 그 아들이라고 하면서 한숨을 쉽니다. 그런 모습을 보고 있자면 남들에게 보란 듯이 내 아이에게 예쁜 옷, 좋은 옷을 입혀서 밖에 내보내고 싶은 마음은 모든 부모가 똑같구나 하는 생각이 듭니다.

여러분도 부모가 왜 싫다는 옷을 입히려고 하는지 생각해 보면 좋겠습니다. 다시 입지 않더라도 입는 시늉이라도 하면 부모님 마음이 덜 아프겠지요. 상대방의 처지에 서서 생각하는 것이 사랑이 아닐까요?

옛날에는 옷이 귀했기 때문에 옷을 잘 갖춰 입는 것도 큰일이었습니다. "옷이 날개"라거나 "입은 거지는 얻어먹어도 벗은 거지는 못 얻어먹는다"는 속담은 옷이 사람의 첫인상을 결정하는 데 얼마나 중요한 것인지 말해 줍니다. 가진 것이 없어도 옷을 잘 차려입으면 남 보기에 어엿하다는 것입니다.

그러나 이런 생각이 지나쳐서 속에 든 것 없이 겉만 꾸미는 사람도 더러 있습니다. 모름지기 사람은 겉과 속이 다 같이 알차야 하는데 말입니다.

초등학교 4학년 때이던가, 두리봉이라는 산으로 봄 소풍을 갔을 때 일입니다. 점심시간에 끼리끼리 모여서 도시락을 맛나게 먹고는 뭔가 재미있는 게 없나 하고 여기저기 기웃거리면서 다니다가 한 친구가 숲

속에 들어가 김밥을 던져 버리는 것을 보았습니다. 왜 그러느냐고 했더니 배가 불러서 먹기 싫다는 것이었습니다. 그러면서 먹을 테면 먹으라고 아직 버리지 않은 김밥을 주는데, 안에 깨소금 말고는 아무것도 들어 있지 않은 김밥이었습니다. 그것도 썰지도 않고 통째로 만 김밥이었지요.

아마 그 친구는 그 김밥을 동무들한테 보이기가 창피했나 봅니다. 소풍을 가면 김밥을 으레 바꿔 먹으니까 그 김밥을 꺼내 놓으면 동무들에게 놀림거리가 될 거라고 생각한 모양입니다. 그런 생각에 어머니한테 화가 났을지도 모릅니다.

나는 그 동무가 버리려던 김밥을 한 줄 얻어서 먹었는데, 고소하고 짭짤한 것이 다른 소가 들어가지 않았어도 제법 먹을 만했습니다. 그 동무의 어머니는 그래도 아들을 위해 정성을 다 기울여 김밥을 쌌을 것입니다. 그러나 그 친구로서는 남에게 내 보이기 뭣한 김밥에 자존심이 팍 상한 것이었지요.

언젠가 가을 소풍 때였습니다.

소풍 때마다 신경을 잘 써 주시던 어머니가 그때는 뭔가 부족하다고 여겼는지 고구마를 삶아서 넣어 주었습니다. 소풍 갈 때에는 삶은 계란, 김밥, 사과에 콜라나 사이다는 기본이고 빵이라도 넣어 주어야 어울린다고 생각하던 철없는 시절에 아무리 맛있다고 해도 소풍 가서 먹을거리로 삶은 고구마는 영 아니었습니다. 그래서 다른 것은 다 먹고 고구마는 그대로 남겼습니다.

소풍을 마치고 집으로 올 때는 길이 머니까 으레 소풍에서 먹고 남은 김밥이나 과자 부스러기를 먹으며 노닥거리다가 옵니다. 그날도 도중에 재에 앉아서 소풍 점심 보따리를 풀었는데 먹지 않고 남겨 두었던 고구마가 나왔습니다.

갓 삶은 고구마는 팍신팍신 분이 나고 밤처럼 고소하고 맛이 달콤하지만 제때 먹지 않고 남긴 고구마는 물이 흐르고 짓이겨진 채 거무스름하게 색이 변하여 배가 출출해도 먹기가 싫었습니다. 그래도 점심이라고 싸 준 것을 먹지도 않고 그대로 가져가면 어머니가 실망하실까 봐, 길 옆 수수밭에 던져 버렸습니다. 그날 저녁 소풍 가서 잘 놀다 왔느냐고 물으시는 어머니의 물음에 잘 놀다 왔다고 대충 얼버무렸습니다.

지금도 그 고개를 넘을 때마다 먹지도 않고 버린 고구마 생각이 납니다. 나는 고구마를 버린 것이 아니라 어머니의 정성을 버렸던 것입니다.

여러분은 밥과 된장과 김치보다 햄버거, 콜라, 피자가 더 맛있지요? 나도 어릴 때는 어머니가 만들어 주신 음식보다 사 먹는 게 더 맛있는 줄 알았답니다. 그러나 어른이 되고 보니 그렇게 먹기 싫던 음식이 더 맛있고 속도 편하더군요.

사서 먹는 햄버거나 피자는 누구에게 먹이려고 만든 음식이 아니라 팔기 위해 만든 상품입니다. 그렇지만 어머니가 지으신 밥과 된장찌개는 사랑하는 식구를 먹이려고 정성을 들여 만든 음식입니다.

먹을거리와 팔 물건은 다르답니다. 팔기 위해 만드는 상품은 무엇이

든지 그 물건의 원래 쓸모와 상관없이 팔리게 하려고 겉만 꾸민답니다. 오래 두어도 상하지 않게 하려고 방부제를 넣고, 햇빛에 내놓아도 쉽게 색이 변하지 않도록 표백제나 착색제를 섞는답니다. 그뿐만 아니라 당장 병이 들고 죽는 것이 아니라면 먹어서 해롭거나 말거나 입맛을 사로잡는 화학 성분을 섞어서 한 번 먹으면 곧바로 인이 박히도록 한 것이 대부분입니다.

씹기 싫어서 김치나 나물 반찬을 먹지 않는 동무들도 많다고 합니다. 그런데 사람이든 짐승이든 이나 이빨이 왜 있을까요? 씹기 위해 있는 것입니다. 씹는 일이 귀찮고 성가시다고 해도 이를 가지고 있는 이상 씹어야 합니다.

찬찬히 밥알을 씹다가 보면 밥알 하나하나가 내 몸이 된다는 느낌도 듭니다. 모든 음식은 오래 씹을수록 나와 하나가 되지요. 음식을 씹으면서 그 음식과 얘기를 나누는 셈입니다.

어찌 보면 먹기 싫은 음식일수록 사실은 몸에 좋은 음식 같습니다. 달달하고 입에 짝짝 달라붙는 인스턴트 음식보다 뜬내가 심한 청국장, 마늘 냄새가 진한 김치가 몸에 한결 좋습니다.

아무리 못된 사람이라도 자식에게 나쁜 것을 주는 사람은 없습니다. 싫어하는 음식이라도 부모님이 주실 때는 그것을 먹이려는 까닭이 있답니다. 먹어 보니까 해가 없고 몸에 이로워서 자식에게 주려는 것입니다. 짐승도 어미가 먹는 것을 따라서 먹고, 어미에게서 먹어도 되는 것과 먹으면 안 되는 것을 배웁니다. 사람도 마찬가지랍니다. 정 싫어서 두 번 다시 보고 싶지 않은 음식이라고 하더라도 입에는 대어 보세요. 어머니가 사랑으로 주시는 음식이니까요.

어머니가 해 주시는 음식은 먹을거리가 아니라 사실은 사랑이랍니다. 어머니가 만들어 주신 것을 먹고 마시면 바로 사랑을 먹고 마시며 자라는 것입니다.

부모님에게 옷이 없으면 내가 입을 것을 생각하지 말고
부모님에게 음식이 없으면 내가 먹을 것을 생각하지 말라

---

父母無衣 勿思我衣　父母無食 勿思我食
부모무의 물사아의　부모무식 물사아식

여러 남매를 낳아 기르던 때 부모님은 여러 자식을 키우느라고 정말 변변한 옷 한 벌도 제대로 갖지 못했습니다. 아버지가 입던 옷을 아들이 물려 입고 형이 입던 옷을 아우가 물려 입는 것이 당연한 일이었습니다. 그래서 명절이나 학교에 입학하여 새 옷을 얻어 입게 되면 정말 날개가 돋친 듯했습니다.

소풍을 갈 때도 가장 좋은 옷을 꺼내 입고 갔습니다. 소풍 때 새 옷을 얻어 입지 못한 아이들은 소풍을 가지 않으려고 떼를 쓰기도 했습니다. 그러다가 얻어맞고 징징 울다가 입이 툭 튀어나온 채 뒷줄에서 따라가 곤 했지요.

다른 아이들은 다 새 옷을 입었는데 자기 아이만 새 옷을 입지 못한 것에 마음 편할 부모는 없지요. 자신은 낡은 헌 옷을 입더라도 자식에게 는 반듯하고 깨끗한 옷을 입히고 싶은 것이 부모 마음이랍니다. 이런 마음을 헤아린다면 내가 새 옷을 입고 좋아할 때, 부모님도 새 옷을 입고 싶어하실 거라고 한번쯤 생각해 보세요.

백화점이나 대형 할인점에 옷이 산더미처럼 쌓였어도 옷을 새로 장만하기 어려운 사람이 많답니다. 그러니 새 옷을 사 달라고 조를 때는 부모님 옷도 한번 돌아보고, 어려운 이웃들도 생각해 보면 좋겠습니다.

사람이 살아가는 데 꼭 필요한 것이 입을 것과 먹을 것입니다. 요즘은 옷가지와 먹을거리가 흔해져서 귀하게 생각하지 않습니다만 그래도 이 두 가지는 없어서는 안 될 중요한 것이랍니다.

지금도 지구의 어느 한쪽에서는 전쟁이 벌어져서 어린이와 노인이 참혹하게 죽어 가고, 살아남은 사람도 먹을거리를 구하지 못해 굶어 죽고 있습니다. 전쟁이 일어나지 않은 곳이라도 나라 사정이 어려워서 사람이 굶주리는 곳도 많습니다. 북한에서도 우리 동포가 굶주리고 있고, 심지어 우리 주위에도 끼니를 굶는 아이들이 적지 않다는 말을 듣고 있습니다.

굶주림을 겪어 보지 않은 사람은 도무지 이해할 수 없지만 굶는 서러움만큼 큰 것이 없답니다. 그래서 "부뚜막에서 인심 난다"는 속담이 생겼습니다. 사람이 서로 정이 들고 사랑이 생기는 것은 먹을거리를 함께 나누어 먹는 데서 비롯된다는 말입니다.

요즘은 가족이라는 말을 많이 쓰지만 전에는 식구라는 말을 많이 썼습니다. 식구란 먹을 식食 자와 입 구口 자로 되어서 한집에 살면서 끼니를 함께하는 사람이란 뜻입니다. 다른 식구끼리도 먹을거리를 나누어야 하는데 나를 낳고 길러 준 부모님에게 먹을거리를 챙겨 드리는 것은 당연한 일입니다.

옛날 중국의 후한 때 육적이라는 사람이 있었습니다. 그가 당시의 권세가인 원술의 집에 갔을 때에 일입니다.

잔칫상에는 탐스러운 귤이 큰 쟁반에 가득 담겨서 놓여 있었습니다. 육적은 다른 음식은 다 먹으면서 제 몫으로 온 귤은 먹지 않고 두었다가 몰래 품 안에 숨겼습니다. 잔치가 끝나고 육적이 일어나는데 그만 품에서 귤이 떨어졌습니다. 원술이 귤을 먹지 않고 품에 넣어 둔 까닭을 묻자 육적이 대답했습니다.

"제게는 어머니가 계시는데, 이 맛있는 귤을 보니 어머니 생각이 나서 어머니께 갖다 드리려고 그런 것입니다."

이 말을 듣고 사람들은 모두 숙연해졌습니다. 다들 육적의 효성에 감탄하였습니다. 귤이 대단한 것은 아니지만 어머니를 생각하는 마음 씀씀이가 귀한 것입니다.

이 이야기를 제재로 하여 조선 시대 문인인 박인로가 읊은 시조가 있습니다.

반중 조홍감이 고와도 보이나다.
유자 아니라도 품음직하건마는
품어 가 반길 이 없으니 그를 슬허하노라.

쟁반에 담긴 조홍감이 일찍 익어 붉은 감이 고와 보여 비록 유자(귤)
는 아니라도 품어서 가지고 갈 만하지만 품에 품고 가져가도 그것을 반
겨 줄 어머니가 안 계시니 그것이 서글프다는 내용입니다.

온몸과 머리카락, 살갗을 헐지 말고 상하게 하지 말라
옷과 허리띠와 신발을 잃어버리지 말고 찢어 버리지 말라

---

身體髮膚 勿毀勿傷　衣服帶靴 勿失勿裂
신체발부 물훼물상　의복대화 물실물렬

옛날 사람은 아버지의 정기와 어머니의 피로 내 몸이 이루어졌다고
생각했습니다. 그래서 몸을 함부로 굴려서 다치고 상처를 입으면 부모
님의 몸을 다치고 상하게 하는 것과 같이 여겨 큰 불효로 생각했습니다.

공자의 제자 가운데 효성이 지극한 증자라는 사람이 있었습니다. 그
는 평생 몸가짐을 조심하여서 몸에 흉터 하나도 없었답니다. 그는 죽을
때 제자들에게 자기 손발을 만져 보라고 하였습니다.
"너희는 내 손발을 만져 보아라. 흉터가 하나라도 있느냐?"
제자들이 흉터가 없다고 하였더니, 이렇게 말했습니다.
"나는 평생 살얼음을 밟듯, 깊은 못가에 다가가 듯 조심조심 살아왔
다. 그래서 부모님이 온전하게 낳아 주신 몸을 잘 간직했다. 이제는 저
세상으로 갈 테니 앞으로는 내가 이런 조심을 하지 않아도 되겠구나."
깨끗하고 흠 없는 몸으로 나를 낳아 주셨으니 어버이의 정기로 이루
어진 이 몸을 잘 간직하여 흠 없이 돌아감으로써 부모님께 마지막 효도

를 다 한다고 한 것입니다.

이처럼 옛 사람들은 부모님에게서 물려받은 몸을 털끝 하나까지도 잘 간수하여 다치거나 상하게 하지 않는 것이 효도의 시작이라고 생각했습니다.

「삼국지연의」에 나오는 조조의 장수 가운데 하후돈이라는 사람이 있습니다. 그가 전장에서 적장과 맞붙어 싸우던 어느 때였습니다. 하후돈이 워낙 무공이 뛰어나 힘에 부친 적장이 도망을 치다가 다급한 김에 돌아서서 활을 쏘았습니다. 화살이 하후돈의 눈에 맞았습니다. 하후돈이 눈에 맞은 화살을 쑥 뽑아내자 눈동자가 화살촉에 딸려 나왔습니다. 하후돈은 그 눈동자를 보고 "아버지의 정기와 어머니의 피로 된 몸이니 버릴 수 없다" 하고는 꿀꺽 삼켰습니다. 그 모습을 본 적장은 오금이 저려 제대로 도망가지도 못하고 결국 하후돈의 칼날에 목숨을 잃었답니다.

이 이야기는 지나친 예라고 하겠습니다만 아무튼 옛날 사람들이 얼마나 자기 몸을 어버이의 몸과 연결하여 생각했는지 알 수 있습니다.

초등학교 4학년 겨울방학 때 일입니다.

내 바로 밑의 아우와 함께 삼십 리쯤 떨어진 곳에 사시는 고모 댁에 갔습니다. 며칠 동안 고종사촌 형들과 산에 나무도 하러 다니고 나무칼을 다듬어 칼싸움도 하며 놀았습니다.

그러던 어느 날 고모부 집안에 잔치가 있어 어른들은 모두 잔칫집에 갔습니다. 우리는 먹을 것을 실컷 얻어먹은 뒤에 산에 칼싸움을 하러 가기로 했습니다. 고종사촌 형과 아우는 먼저 산으로 올라가고 나는 나무칼을 더 멋있게 다듬으려고 마침 고모부가 나무를 하러 가려고 시퍼렇게 갈아 놓은 낫으로 튀어나온 가지를 힘껏 내리찍었는데 그만 왼손 손등을 찍고 말았습니다. 그 순간은 화끈하다는 느낌 외에 아무런 아픔도 느끼지 못했습니다. 그런데 곧 피가 배어 나오면서 허연 뼈까지 드러나

帶 띠 대
靴 신 화
失 잃을 실
裂 찢을 렬

자 충격과 아픔이 뒤범벅이 되었습니다.

애기를 전해 듣고 놀란 고모가 뛰어내려와 동네에서 민간 의술을 조금 아는 사람에게 가서 오징어 뼈를 갈아서 뿌리고 헝겊으로 싸매 주었습니다. 도시에 있는 병원에는 갈 생각도 못 하고 약국도 변변찮아 그 정도 처치밖에 할 수 없었던 것이지요. 할아버지가 데리러 오셔서 집에 갔을 때 아버지, 어머니의 놀람이란 말로 다 할 수 없었습니다.

그 뒤로 오랜 세월이 지났지만 내 손등에는 아직도 그때의 흉터가 남아 있습니다. 고모는 요즘도 가끔 내 손을 볼 때마다 미안해한답니다. 사실 고모의 잘못이 아닌데도 말이지요.

자식이 아프면 부모의 마음이 더 아프답니다. 전염병이나 속병 같은 것은 어쩔 수 없다 하더라도 몸을 함부로 굴려서 얻은 상처는 내 잘못입니다. 내가 조금만 조심하거나 혈기를 누르고 참으면 다치는 일은 면할 테니 말입니다. 내가 남들과 쉬이 다투거나 몸을 함부로 해서 상처를 입

으면 부모님이 놀라시고, 놀라움이 거듭되면 병을 얻어 일찍 돌아가실
수도 있습니다. 그렇게 되면 부모님의 죽음은 내 죄 때문인 셈입니다.

그래서 부모가 돌아가시면 자식은 죄인이라고 해서 상복을 입었다고
합니다. 더 사실 수 있는데 자식이 불효하여 일찍 돌아가시게 되었다고
말입니다.

내가 초등학교에 입학하기 직전 겨울이었습니다.

여섯 살 위인 외사촌 형은 참 엉뚱하고 기발한 일을 잘 벌였습니다.
그때도 외할아버지 생신이라서 외가에 갔다가 안동에 들러 외삼촌 댁에
묵었습니다.

외사촌 형이 요샛말로 하자면 특별한 이벤트가 있다고 하면서 나더러
일어서라고 했습니다. 형은 종이에 길게 쓴 글을 낭독했는데, 말하자면
나의 초등학교 입학을 축하한다는 내용이었습니다. 그러고는 장난감 권
총과 가방을 선물로 주었습니다. 그러자 외숙모, 어머니, 외사촌들이 다

함께 박수를 쳐 주었습니다. 나는 얼떨떨한 기분으로 선물을 받아서 가지고 왔습니다.

그 가방은 갈색 가죽 가방이었는데, 당시 1학년 국어 교과서에 나오는 '철수'가 매고 있는 가방과 같은 모양이었습니다. 지금 생각하면 가죽도 두껍고 튼튼한 가방이었습니다. 그 무렵 우리 동네 어린이들은 대부분 보자기에 책을 싸서 어깨에 질끈 동여매고 다녔고, 형편이 나은 아이들은 화사한 색깔의 비닐 가방을 매고 다녔는데, 나 혼자 우중충한 갈색 가방을 매고 다녔지요. 지금 생각하면 당시 아이들이 매고 다니던 비닐 가방보다 내 가죽 가방이 더 비싸고 좋은 가방이었는데 내 눈에는 유행에 뒤떨어져 보여 영 못마땅했습니다. 그래서 어떻게 하면 가방을 버리고 새로 살까, 그 궁리만 하면서 가방이 헤지기만을 바랐습니다.

마침내 가방 등받이가 조금 찢어졌습니다. 그 찢어진 곳을 칼이나 연필 끝으로 조금씩 헤집어서 등받이가 너덜너덜해지게 하고 칼로 가방

덮개 부분을 조금씩 오려 내서 마침내 못 쓰게 만들었습니다.

그 뒤로 마음에 드는 가방을 여러 개 바꿨지만 지금도 주인을 잘못 만나 애꿎게 버려진 그 가방이 생각난답니다.

이런 일도 있었습니다.

어릴 때는 검정 고무신을 신고 다녔습니다. 자동차 타이어가 상표로 그려진, 진짜 생고무 신이었습니다. 그래서 이름도 '진짜 고무신'이었답니다. 고무신은 참 질기기도 했습니다. 한번 사서 신으면 몇 달을 신어도 끄떡없고 잘만 신으면 일이 년은 신었습니다.

어릴 적 동무 가운데, 지금은 상주에서 고등학교 한문 선생을 하는 친한 동무가 있었는데, 바로 아랫집 윗집 사이였습니다. 그 친구는 할아버지 때부터 알뜰했고 아버지도 참 대쪽 같았습니다. 위로 형이 둘이나 있어서 새 옷이나 새 신을 얻기가 수월찮았습니다. 그 친구가 신고 다니던 고무신은 하도 닳고 닳아서 종잇장 같았습니다. 내가 한번 신어 봤더니 자갈이나 돌멩이를 밟을 때마다 간지러워서 걸을 수가 없었습니다.

그런데 나는 맏이라서 뭐든 새 것이었습니다. 어릴 때 성격이 유별나서 남이 먹던 숟가락이나 남의 집에서 온 숟가락으로는 밥을 먹지 않았고, 남이 쓰던 것이나 남의 물건에 닿는 것을 싫어했으며, 남의 눈에 잘 띄는 옷도 입지 않았습니다. 참 부모님 속을 많이 썩인 것이지요.

나도 남들처럼 검정 고무신을 신었는데 몇 달 신으니 싫증이 나서 새 고무신이나 아니면 한창 유행하던 파란 나일론 신발이 갖고 싶었습니다. 그렇다고 멀쩡한 고무신을 두고 새로 사 달라고 조를 수도 없어서 또 궁리를 했지요.

어릴 때 우리는 고무신 하나면 못 하는 놀이가 없었습니다. 한 짝은 코 부분을 말아서 뒤집어 넣고 다른 한 짝의 코 부분을 거기에 끼우면 트럭 모양이 되지요. 입으로 부릉부릉 하면서 거기에 흙을 퍼 날라 집을 짓기도 하고, 개울에 가서는 위아래를 막고 고무신으로 물을 퍼내고 나서 잡은 물고기를 담아 오기도 했습니다. 이렇게 고무신을 가지고 놀고,

고무신을 신고 온 산이나 들을 휘젓고 다니다 보면 어
느 서슬엔지 모르게 고무신이 살짝 찢어지기가 십상입
니다. 어느 날 내 고무신에서 찢어진 부분을 발견한 나는 속으로 잘 됐
구나 하고 좋아하면서 그 틈을 조금씩 벌렸습니다. 처음에는 못이나 연
필 끝으로 틈을 벌리다가 나중에는 손가락으로 구멍을 뚫었지요. 마침
내 쭉 찢어졌습니다.

물론 아버지한테 엄청 야단을 맞았지요. 그렇지만 바라던 새 신을 얻
어 신을 수 있었답니다.

고등학교 다닐 때였습니다. 동네 친구들은 다들 카세트 라디오를 하
나씩은 가지고 있으면서 아예 끼고 살았습니다. 형제가 많고 층층시하
에 살았던 우리는 먹고 사는 것도 쉽지 않아서 카세트 라디오는 꿈도 못
꿀 형편이었지요. 음악 교과서에 나오는 유명한 음악가의 음악을 들어
보고 싶어 테이프는 몇 개 구했는데, 테이프를 틀 녹음기가 없어서 이
친구, 저 친구네 다니면서 동냥으로 얻어듣기도 했습니다. 그러다가 3

학년이 되어 영어 공부를 한다는 핑계로 카세트 라디오를 하나 사 달라고 졸랐습니다. 아버지가 봉화 장에 가시더니 스테레오로 소리가 나오지 않고 모노로 소리가 나오는 작은 카세트 라디오를 하나 사 오셨습니다. 당시 돈으로 48,000원이었습니다. 나에게 카세트를 주시면서 "송아지 사는 기분으로 사 왔다. 잘 들어라" 하셨습니다. 송아지를 산다는 것은 살림 늘릴 밑천을 장만한다는 뜻입니다. 그만큼 큰마음을 먹고 사 오셨다는 말입니다.

요즘 동무들은 연필이나 학용품을 교실에 두고 오거나 길에서 잃어버려도 찾을 생각도 하지 않는다고 합니다. 조금 쓰다가 싫증 나면 잃어버렸다고 하고 또 사고는 하지요. 부모님한테 사 달라고 말만 하면 금방 사 주시니까요.

그러나 부모님이 옷가지나 생필품, 학용품 같은 것을 장만해 주시는 것이 쉬운 일은 아니랍니다. 부모님은 한 푼 벌기 위해 정말 힘들여 일하시고 그렇게 번 돈으로 이런 것들을 사 주시는 것이랍니다.

옛날에는 아버지 하는 일을 힘닿는 대로 도우면서 컸기 때문에 그 일이 얼마나 힘든지 알고, 그렇게 해서 번 돈으로 물건을 사 주시니 저절로 아끼는 마음이 있었습니다. 그러나 요즘은 부모님이 무슨 일을 어떻게 하시는지 아는 친구가 거의 없습니다. 심하게 말하면, 부모님은 그저 돈만 버는 사람, 필요한 것을 사 달라고 할 때 사 주기만 하면 되는 사람이 되어 버렸습니다. 사 달라고 하는 것을 사 주지 못하는 부모는 마치 무능한 부모처럼 생각하기도 하고요.

학용품을 아껴 쓰고 옷이나 양말 같은 생필품을 알뜰히 쓰는 것은 부모님의 고생을 덜어 드리는 일이랍니다.

부모님이 사랑해 주시면 기뻐하고 잊어버리지 말라
부모님이 꾸짖으시면 반성하고 원망하지 말라

父母愛之 喜而勿忘　父母責之 反省勿怨
부모애지 희이물망　부모책지 반성물원


내가 중학교를 졸업할 때였습니다.

초등학교 졸업 때에는 온갖 상장을 받았는데 중학교 졸업 때는 상장을 하나도 받지 못해 은근히 자존심도 상하고 화도 나고 해서 어머니께 졸업식에 오시지 말라고 거듭 말씀드리고 집을 나왔습니다. 그런데 한창 졸업식이 진행되는 중에 무심코 창밖을 보니 어머니가 졸업식장 강당 출입문에 와서 눈으로 날 찾다가 나와 눈이 마주치자 웃으셨습니다. 그 순간 화가 치밀어 그만 외면해 버리고 말았습니다.

그때 일만 생각하면 어머니의 서운해하시던 눈빛이 지금도 내 가슴을 찌른답니다. 초등학교도 나오지 못한 어머니가 맏아들이 중학교를 졸업한다니 자랑스럽고 대견해서 축하해 주러 오셨는데 겨우 상장을 받지 못한 것 때문에 자존심이 상하여 어머니를 외면하다니요. 상장이 뭐 그리 대수라고 말이지요. 어머니는 자식이 무사히 중학교를 졸업한 것만으로도 자랑스러운데 말이지요. 부모가 아니면 누가 이런 조건 없는 사랑을 나에게 베풀겠습니까?

「삼국지연의」의 주인공 가운데 한 사람인 관우에 관한 일화입니다.

유비의 무리가 조조의 군대에 쫓기던 때였습니다. 관우가 유비, 장비와 헤어져서 부하 몇몇만 거느리고 유비의 두 부인을 보호하다가 고립되어 어쩔 수 없이 조조에게 항복을 했습니다.

조조는 평소 관우의 인품을 흠모하여 관우를 자기 곁에 붙잡아 두려고 온갖 방법으로 환심을 사려고 했습니다. 어느 날, 조조는 관우가 입은 전포戰袍가 낡은 것을 보고서 좋은 옷감으로 새 전포를 지어서 관우에게 주었습니다. 관우는 조조한테서 받은 새 전포를 안에 입고 낡은 전포를 그 위에 덧입었습니다. 조조는 관우가 새 옷을 아껴 입으려는 줄 알고 껄껄 웃었습니다. 그랬더니 관우가 이렇게 대답했습니다.

"이 전포는 처음 의병을 일으킬 때 유비 형님이 지어 주신 것입니다. 이 옷을 입고 있으면 늘 형님이 나와 함께 계시는 듯한 생각이 듭니다."

관우의 대답에 조조는 그만 할 말을 잊어버렸습니다. 의형제의 사랑도 이렇게 잊지 못하는데, 부모의 사랑이야 말할 나위가 있겠습니까?

부모님도 사람이니 실수도 하시고 잘못된 판단을 하시기도 한답니다. 그래서 억울하게 야단을 맞는 일도 생깁니다. 그러나 그 순간에야 서운하더라도 시간이 지나면 감정이 누그러지고 서운한 마음도 사라집니다.

사실 부모님이 엄하게 꾸짖고 야단을 치지 않았더라면 내가 이만큼이라도 반듯하게 자랄 수 있었을까요? 내가 잘못을 하면 남들은 그저 욕하고 미워할 뿐입니다. 그러나 부모님은 내가 조금이라도 더 잘 되기를 바라는 마음으로 내가 잘못하면 꾸짖고 야단을 치시는 것입니다. 그 순간에는 원망스럽더라도 시간이 지나고 나면 내가 왜 그랬을까 하는 생각이 들고, 두고두고 부모님의 마음을 언짢게 한 일을 뉘우치게 됩니다.

높은 나무에 올라가지 말라, 부모님이 근심하신다
깊은 못에서 헤엄치지 말라, 부모님이 염려하신다

---

勿登高樹 父母憂之　勿泳深淵 父母念之
물등고수 부모우지　물영심연 부모념지

　어린이가 왕성하게 자라는 기세를 가장 잘 나타내는 것이 나무입니다. 키가 쑥쑥 커 가는 어린이는 나무가 쭉쭉 뻗은 모습을 닮았습니다. 그래서 어린 아이들은 나무에 올라가 놀기를 좋아하는지도 모르겠습니다. 높은 나무에 올라 크게 뻗은 가지에 걸터앉으면 내 눈에 보이는 모든 것을 다 가지기라도 한 것처럼 어깨가 으쓱합니다. 또 높은 나무에서 뛰어내리는 것이 큰 용기로 비치기도 했습니다. 나는 너희보다 이만큼 더 힘이 세고 용감하다는 것을 보여 줄 수 있었으니까요. 과일나무에 올라가서는 과일을 따먹고, 가지가 알맞게 잘 뻗은 나무에다가는 비밀 기지도 만들곤 했습니다.

　'아낌없이 주는 나무' 라는 동화에서도 볼 수 있듯이 나무는 이렇게 어린이의 좋은 장난감이고 친구랍니다.

　자기 힘에 맞게 작은 나무에서 놀던 아이들은 차츰차츰 자라면서 좀 더 큰 나무에 오르고, 큰 나무와 놀게 되니 어찌 보면 나무와 친숙할수록 다치는 일도 줄어듭니다. 그렇지만 전혀 다치지 않는다고 할 수는 없

攀 오를 등
樹 나무 수
泳 헤엄칠 영
念 생각할 념

지요. 나무에서 놀 때는 조심해야 합니다. 요즘은 나무에 오를 일이 별로 없으니 이 가르침은 크게 실감나지 않겠군요. 그러나 놀이터에 가면 놀이 기구가 있으니 굳이 나무가 아니더라도 높은 데 올라가 놀 때는 이 가르침을 잊지 말아야 하겠습니다.

내가 나서 자란 마을에는 큰 개울이 없고, 기껏해야 비가 오고 난 뒤에나 흐르는 도랑만 있어서 대체로 늘 물이 부족했습니다. 그래서 논이 많은 골에는 농사철에 쓰려고 크고 작은 샘이나 못, 웅덩이 따위를 여기저기 파 놓았습니다. 가물어 모내기를 할 수 없을 정도가 되면 샘물을 퍼내서 모를 심었고, 평소에는 필요에 따라 물을 길어 쓰기도 했습니다.

우리 집에서 산모퉁이를 돌아 여러 논이 이어진 곳 한가운데쯤에 샘이 두 개가 있었습니다. 크기에 따라서 큰 샘, 작은 샘이라고 했는데, 큰 샘은 농로 위쪽에 있었는데 바닥이 보이지 않을 만큼 굉장히 깊었습니다. 동네 어른들이 말씀하기를, 큰 샘에 빠지면 시체가 마을 복판에 있는 당나무 밑 도랑으로 나온다고 하였습니다. 물론 우리가 샘에 가서 놀지 못하게 하려고 지어낸 말이겠지요. 작은 샘은 바닥이 보일 정도의 깊이였습니다. 작은 샘에서는 동네 아주머니들이 빨래를 하곤 했습니다.

그런데 큰 샘이나 작은 샘이나 테두리에 둑을 높이 쌓지 않아 위험했습니다. 어른들이야 샘에 빠질 일이 없겠지만 어린이한테는 아주 위험했습니다. 리어카도 다닐 만큼 제법 큰 농로였는데도 어릴 때는 그 사이를 지나가는 게 여간 두렵지 않았습니다. 샘 옆을 지나가려고 하면 다리가 후들후들 떨릴 정도였지요. 그러다가 여남은 살쯤 되어 제법 용기도 생기고 팔다리에 힘이 붙으면서 샘 가에서 놀기도 하였습니다.

내가 초등학교 5학년 때로 기억합니다.

우리 집과 담장 하나를 사이에 두고 동갑내기 동무가 살았습니다. 어릴 때부터 늘 같이 놀고 함께 자란 동무였습니다. 모내기가 한창이던 무렵 그 동무와 함께 큰 샘 옆을 지나가는데 매끈하게 생긴 나무 막대기가 물 위에 떠 있는 것이었습니다. 당시에는 매끈하고 긴 나무 막대기는 참 쓸모가 많았습니다. 그걸로 칼싸움 놀이도 하고 산에 올라갈 때 지팡이로 쓰기도 하고 적당한 길이로 잘라 못을 박은 뒤에 썰매 지치는 막대로도 쓸 수 있었습니다. 그러니 그냥 지나칠 수가 없었지요.

내 동무가 샘 가장자리의 돌에 발을 딛고 한쪽 손으로 돌부리를 잡고 나무 막대기를 향해 손을 뻗었습니다. 그 순간 발이 미끄러지면서 그대로 샘에 빠지고 말았습니다. 샘에 빠진 순간 동무의 몸이 물 속으로 쑥 들어가 버렸습니다. 조금 있으니 물 밖으로 고개를 내밀고 팔을 뻗어 허우적거렸습니다.

내가 동무의 손을 잡아 끌어올리려고 했지만 힘이 부쳐 당길 수가 없어 얼른 놓아 버렸습니다. 그러고는 농로를 달려 멀리 논에서 모를 심고 있는 어른들을 향해 큰 소리로 동무가 물에 빠졌다고 외쳤습니다. 그러나 모내기에 열중한 어른들은 전혀 알아차리지 못했습니다. 그래서 얼

른 샘으로 달려와 보니 동무가 힘이 빠져 물 속으로 다시 들어가 버리는 것이었습니다. 조금 기다리니 다시 얼굴과 손이 물 밖으로 나와 허우적거리기에 동무의 손을 잡아당겼지만 역시 힘이 모자라 손을 놓아 버렸습니다.

사람이 물에 빠져 세 번 물 속으로 들어가면 다시는 나오지 못한다는 말을 어른들한테서 들은 기억이 났습니다. 그런데 이미 동무는 두 번이나 물 속으로 들어갔다가 나온 뒤였습니다. 마지막이라 생각하여 또다시 농로를 달려가 아랫 논을 향해 젖 먹던 힘을 다해서 외쳤습니다. 그러자 귀 밝은 어떤 동네 어른이 듣고 "가만 있거라 보자. 쟈가 뭐라 하노? 누가 물에 빠졌단다" 하여, 어른들이 헐레벌떡 달려와 그 동무를 물에서 건져 올렸습니다. 동무는 이미 몸이 축 늘어지고 의식을 잃었습니다. 집에 데려가 목에 손가락을 집어넣으니 세숫대야 가득 물을 토해 내고 나서 정신을 차렸습니다.

그때 만약 그 동무가 내 손을 잡았더라면 나도 물에 빠져 꼼짝없이 죽었을 겁니다. 다행히 내가 손을 잡았기에 망정이지요.

　물놀이는 참 재미있지요. 요즘은 어린이들이 대부분 수영 강습을 받아서 헤엄을 잘 치기는 하지만 수영장에서 헤엄을 치는 것과 개울이나 강처럼 흐르는 물에서 헤엄을 치는 것은 다릅니다. 그래서 여름철 계곡에서 자기의 수영 실력만 믿고 헤엄치다 큰일을 당하기도 합니다. 산이나 들에서 노는 것과 달리 물놀이는 사고가 나면 영락없이 죽는 경우가 많기 때문에 부모님의 염려도 그만큼 크답니다.

# 남과 다투지 말라, 부모님이 불안해하신다

勿與人鬪 父母不安
물여인투 부모불안

鬪 싸움 투
安 편안할 안

남과 다투면 내 아이가 다치지나 않을까 또 내 아이가 다른 아이를 다치게 하지 않을까 걱정하는 것이 부모의 마음입니다.

남을 괴롭혀도 안 되고 남에게서 괴롭힘을 당해도 안 되지요.

남을 괴롭히거나 다치게 하면 아무 잘못이 없는 부모님이 남에게 머리를 조아려 사과하고 보상을 해야 하니 남과 다퉈서는 안 됩니다.

# 방 안에 먼지가 있으면 늘 반드시 쓸고 닦는다

室堂有塵 常必灑掃
실당유진 상필쇄소

室 집 실
堂 집 당
塵 티끌 진
常 항상 상

생활 공간을 늘 깨끗하게 유지하는 것이 몸과 마음을 바르고 깨끗하게 하는 첫걸음입니다. 어릴 때 우리 형제들은 아침 일찍 일어나 마당을 쓰는 것이 무척 중요한 일이었습니다. 사실 단잠을 자다가 눈도 덜 뜬 상태에서 일어나 내 키만 한 빗자루를 들고 넓은 마당을 쓸자면 여간 고역이 아니었습니다. 마당 쓰는 일은 누군가는 반드시 해야 할 일이었습니다. 그런데 어른들은 나무를 하거나 아침밥을 먹기 전에 밭일을 해야 했기 때문에 마당 쓰는 몫은 당연히 우리 형제에게 돌아올 수밖에 없었습니다.

처음 마당을 쓸기 시작할 때에는 그 일이 귀찮고 힘들어도 다 쓴 뒤에 깨끗해진 마당을 보면 보람이 있었습니다. 또 마당을 쓸고 나서 아침을 먹으면 그것을 통해 사람은 반드시 또 밥값을 해야 한다는 가르침을 스스로 터득할 수도 있었습니다. 그리고 참을성도 기르고, 일을 하면 그 대가가 반드시 있다는 것도 배웠습니다. 방 안도 마찬가지로 늘 깨끗이 해야 합니다. 특히 부모님이 계시는 방은 말할 것도 없습니다. 부모님이 깨끗한 방에서 지내시도록 늘 쓸고 닦아 드린다면 부모님 건강에도 좋겠지요.

일은 반드시 여쭙고 나서 하고 자기 멋대로 하지 않는다
한 번이라도 부모님을 속이면 그 죄가 산과 같다

事必稟行 無敢自專　一欺父母 其罪如山
사필품행 무감자전　일기부모 기죄여산

事 일 사
稟 여쭐 품
敢 감히 감

성인이 되면 부모로부터 독립하고 자기 인생을 자신이 주인이 되어 삽니다. 그러나 부모님이 계시는 동안에는 무슨 일을 하더라도 늘 부모님께 여쭙고 부모님의 의사를 존중하여야 합니다. 모든 일을 언제나 일일이 부모님께 여쭙고 부모님의 결정을 얻어서 할 수는 없지만, 이런 마음가짐을 가지면 적어도 부모님을 속이는 일은 없을 것입니다.

초등학교 5학년이던 어느 늦은 봄날이었습니다.

한창 바쁜 농사철이라서 어른들도 휴일을 기다리던 때였습니다. 휴일이면 아이들 손을 빌 수 있기 때문입니다. 아기를 돌보거나, 논밭에서 온갖 심부름을 하거나, 꼴을 베어 와 쇠죽을 끓이는 일과 간단한 밭일 따위는 아이들이 도울 수 있었던 것입니다.

그런데 그날은 이웃 마을 동무네 집에서 하루 종일 놀다가 일요일 오후가 되어서야 집으로 돌아오게 되었습니다. 일손이 모자라는 것을 뻔히 알면서도 집안일을 돕지 않고 동무네 집에서 실컷 놀았으니 마음이

自 스스로 자
專 마음대로 전
一 한 일
欺 속일 기
罪 허물, 죄 죄
山 메 산

편할 리가 없었지요. 나는 집으로 돌아오는 길에 놀다 온 구실을 찾느라 온갖 궁리를 다했습니다. 아버지 어머니가 불호령을 내리실 텐데 변명할 여지가 없었던 것입니다. 놀 때는 좋았지만 집에 들어가 야단맞을 일을 생각하니 눈앞이 캄캄했습니다. 한 걸음씩 걸을 때마다 집은 가까워오지요, 그나마 떠오르는 변명은 이미 여러 번 써 먹은 것이었습니다.

평소에는 멀다고 느끼던 집이 그날따라 왜 그리 가까운지요. 지난날 꾸중과 매를 면하려고 거짓말하던 내 모습이 하나하나 떠올랐습니다. 결국 집에 닿을 때까지 적당한 구실을 찾지 못했습니다. 그래서 야단맞을 각오를 하고 집에 들어섰는데, 웬걸 아버지께서는 크게 나무라지 않았고 할머니께서도 거들어 주셔서 무사히 넘어갔습니다. 그러나 집에 오기까지 온갖 신경을 쓰고 마음을 졸인 것을 생각하면 오히려 회초리 몇 대 맞는 것이 더 낫지 싶었습니다.

나는 그날 일로 잘못을 하면 벌을 받거나 매를 맞는 것이 거짓말로 모면하는 것보다 낫다는 것을 배웠습니다.

나이가 들수록 벌을 면하려고 부모님께 거짓말한 것이 오롯이 떠오르곤 합니다. 부모를 한 번 속이면 그 죄가 산과 같다는 말이 조금도 과장이 아닙니다.

눈 속에서 죽순을 구한 것은 맹종의 효성이고
얼음을 쪼개고 잉어를 얻은 것은 왕상의 효성이다

雪裏求筍 孟宗之孝　剖冰得鯉 王祥之孝
설리구순 맹종지효　부빙득리 왕상지효

맹종은 중국의 삼국 시대 오나라 사람인데, 효성이 지극했습니다.

어느 겨울날이었습니다. 오랫동안 병상에 누워 있던 늙은 어머니가 죽순을 먹고 싶다고 하였습니다.

눈 쌓인 겨울에 죽순이 날 리 없지요. 그래도 맹종은 행여나 하는 마음에 대숲으로 들어갔습니다. 대숲에 들어가니 사방에는 온통 뽀얀 눈밖에 없었습니다.

기대를 한 것은 아니었지만 온통 하얀 눈밭인 대숲을 바라보며 허망하고 안타까운 마음에 젖어 맹종은 하염없이 눈물을 흘렸습니다. 그런데 놀라운 일이 벌어졌습니다. 맹종의 눈물이 떨어진 그 자리에서 죽순이 돋아난 것입니다.

왕상은 중국 진나라 때 사람으로 역시 효성이 대단하였습니다. 일찍 어머니를 여의고 새어머니가 들어왔는데 새어머니인 주씨는 성품이 인자하지 못해 왕상 아버지에게 왕상을 자주 헐뜯었습니다.

그래서 아버지는 왕상을 미워하여 늘 소똥 치우는 일을 시켰습니다. 그런데에도 왕상은 부모를 공경하고 매사에 조심하였습니다.

부모가 병환이 나면 언제라도 부모를 돌볼 수 있도록 옷의 띠를 풀고 편히 눕는 법이 없었고, 약을 달일 때는 반드시 직접 맛을 본 다음에 드렸습니다.

언젠가 한번은 새어머니가 잉어를 먹고 싶어했습니다. 이때는 날씨가 춥고 얼음이 꽁꽁 언 겨울이었습니다. 왕상은 새어머니에게 잉어찜을 해 드리려고 강으로 나갔습니다.

옷을 벗고 얼음을 깨고서 물에 들어가려고 하는데 얼음이 갑자기 저절로 녹더니 잉어 두 마리가 튀어 올랐습니다. 그리하여 왕상은 잉어를 가져가서 새어머니께 잉어찜을 해 드렸습니다.

또 어느 날은 새어머니가 참새구이가 먹고 싶다고 하니 어디선가 참새 수십 마리가 장막으로 날아들었습니다. 왕상은 참새를 잡아서 새어머니에게 구워 드렸습니다.

마을 사람들은 모두 왕상의 효성에 하늘이 감동하여 일어난 일이라고 감탄하며 칭송하였습니다.

또 언젠가는 왕상의 집 능금나무에 열매가 맺혔는데 새어머니가 능금을 지키라고 했습니다. 그래서 왕상은 비가 오거나 바람이 불 때마다 번번이 나무를 끌어안고서 능금이 상하거나 떨어져 새어머니의 명을 어기게 될까 봐 울었답니다.

맹종과 왕상은 오늘날 우리가 효도에 대해 말할 때에 자주 나오는 인물입니다. 이 사람들처럼 지극 정성으로 효도를 하면 하늘도 감응한다는 것이지요. 요즘 사람들이 이런 맹종과 왕상의 효도 이야기를 들으면 효도할 마음이 도리어 없어질 것입니다. 아무리 효성이 지극하다고 한들 얼음이 저절로 녹으면서 잉어가 튀어나올 수 있겠습니까? 눈밭에 가서 엉엉 운다고 그 마음에 죽순이 감동하여 꽁꽁 언 땅을 뚫고 쑥 나올 수 있겠습니까?

그러나 옛사람들은 이런 이야기를 사실로 받아들였답니다. 그래서 왕상이나 맹종을 본받아 그들처럼 행동하여 그와 같은 결과가 실제로 나타나지 않으면 그것을 자연 법칙에 따른 당연한 이치라고 생각하지 않고 자신의 정성이 부족한 것으로 여겼지요.

옛날에는 의학이 발달하지 않았고 병원이나 의원도 적어서 병이 났을 때 적절하게 치료 받기가 어려웠습니다. 평생 제대로 지은 약 한 첩 못 먹고 죽는 사람도 많았습니다. 그래서 "지성이면 감천"이라고, 부모나 자식이 병들면 남들이 하기 어려운 지극한 일을 하여 하늘을 감동시켜서 병이 낫기를 바라는 일도 많았습니다.

옛부터 손가락을 베어서 피를 내어 입에 넣어 드렸더니 다 죽어가던 부모가 다시 살아났다든지, 병이 깊은 부모를 위해 사당에서 피눈물로 통곡하여 병을 낫게 했다는 따위의 효도와 관련한 기적 같은 이야기가 많이 전해져 내려옵니다.

剖 쪼갤 부
冰 얼음 빙
鯉 잉어 리
王 임금 왕
祥 상서로울 상

　요즘도 효성이 지극하여 남들이 하기 어려운 일을 하는 사람의 이야기가 뉴스에 나오곤 하지요. 그리고 가끔 병원에서 못 고친다는 병을 깊은 믿음으로 이겨 낸 이야기를 들을 수도 있지요?

　맹종과 왕상 두 사람의 이야기를 사실 그대로 받아들일 필요는 없습니다. 우연히 그해 겨울이 날씨가 유난히 늦어서 죽순이 나올 수도 있었겠지요. 또 얼음이 갈라 터져서 잉어가 나올 수도 있었겠지요. 얼음이 꽁꽁 얼면 갈라 터지는 일이 있거든요.

　얼음이 갈라 터졌든 직접 얼음을 깨고 잉어를 잡았든 왕상이 겨울에 구하기 어려운 잉어를 구하여 부모님께 올린 것은 사실이겠지요. 죽순을 구하기 어렵고 민물고기를 구하기 어려운 겨울에 죽순이나 잉어를 구해 부모님께 드린 그들의 효성을 기리고 칭송하는 이야기가 입에서 입으로 전해지면서 설화로 발전한 것이라고 생각합니다.

아무튼 이들의 이야기가 실제로 있었던 이야기든 아니든, 그런 사실 여부보다는 우리가 부모님에 대한 순수한 사랑을 가지고 있느냐 없느냐 하는 것이 중요하다고 하겠습니다.

## 내가 훌륭한 일을 하면 명예가 부모님께 미치고
## 내가 어질지 못하면 욕이 부모님께 미친다

我身能賢 譽及父母　我身不賢 辱及父母
아신능현 예급부모　아신불현 욕급부모

아무리 자기 자랑을 하지 않는 사람이라도 자식 자랑은 곧잘 합니다. 자기가 뭔가 돋보이는 일을 해서 남의 주목을 받거나 칭찬을 받을 때보다 자식이 대견한 일을 해서 남들한테서 칭찬을 듣거나 하면 더 흐뭇해지는 것이 부모 마음이랍니다. 같은 지역에서 오랫동안 함께 살아온 옛날 사람들은 어린이들 얼굴이나 행동만 보아도 누구네 집 아이인지 대번에 알아보았습니다. 그래서 어떤 아이가 이러저러한 좋은 일을 하면 어른들은 "아무개네 둘째가 아닌가? 윗대 어른들도 참 마음씨 좋고 반듯한 사람들이더니, 역시 씨도둑은 못한다는 말이 그른 말이 아니로군"이라거나 "아무렴, 그 집 내륜이 어디 가려고?" 하면서 칭찬과 감탄을 아끼지 않았고, 그 아이에 대한 칭찬은 그대로 부모님에게 이어졌지요. 어디를 가더라도 "저이가 아무개네 아버지라네" 또는 "저이가 이러저러한 일을 한 아무개네 어머니라네. 참 늘 인자하고 자상하더니 자식하나 참 잘 됐네" 하고 칭찬의 말이 따라다녔지요. '내륜' 이란 말은 국어사전에서는 찾아보기 어려운 말입니다. 표준말로 이 말에 가까운 것을 찾는다면 '내력' 정도 되겠지요. 내력이라 하면 지나온 이력과 같은 뜻으로서 대대로 내려오는 행적을 말하는 것이지요. 그러나 내륜이라 하면 내력과는 조금 달라서 그 집안 대대로 전해 오는 그 집안만의 고유한 특성 같은 것을 말한답니다. 아무튼 그 집안은 대대로 성향이나 습성이 그러하다는 말이지요.

부모 마음을 기쁘게 해 드리려고 억지로 칭찬 받을 일만 골라 하는 것은 바람직하지 않습니다. 그저 자기 처지에서 열심히 노력하고 성실하게 행동한 결과 남들한테서 칭찬을 받아야 값어치가 있지요. 남이 보는 데서만 잘 하려고 애쓰는 것은 옳지 않습니다. 오히려 남이 보지 않는 곳에서도 최선을 다해야지요.

혈연으로 얽혀서 한 지역에 오래 살았던 옛날에는 누구라도 자신의 일거수일투족이 다 드러나기 때문에 저절로 행실을 조심해야 했습니다. 사소한 잘못을 저질러도 그대로 드러났거든요. 걸음을 삐딱하게 걷거나

能 능할 능
譽 기릴 예
及 미칠 급
辱 욕될 욕

조금만 불량스러운 행동을 해도 어른들은 당장 "네 아버지가 누구냐?"
하며 호통을 쳤고 이 한마디만 하면 꼼짝 못하고 당장 행실을 고쳐야 했
습니다. 내가 잘못을 하면 부모님이 얼굴을 들고 다니실 수가 없었습니
다. "저이가 아무개네 아버지라네. 자식 하나 잘못 둬서 애비가 욕을 보
네" 하고 손가락질을 당했지요.

　전통 사회에서는 잘한 일이든 잘못한 일이든 그 일의 결과는 그런 행
동을 한 개인의 문제가 아니라 그 사람의 부모에게 책임이 돌아갔습니
다. 물론 요즘도 청소년이 잘못을 저지르면 맨 먼저 부모에게 관리 감독
을 소홀히 한 책임을 묻지요.
　그러나 엄밀히 말해 자식의 잘잘못을 모두 부모가 책임질 수는 없는
노릇이지요. 자식도 한 개인으로서 주체성을 갖고 있기 때문에 자식을
일일이 간섭하고 관리하려고 해서도 안 되지요.
　어쨌든 청소년은 주체성을 가진 한 인격체로 자라는 과정에 있기 때

문에 부모의 양육과 사회와 학교의 교육이 필요합니다. 내가 함부로 행동해서 남의 손가락질을 받게 되면 결국 부모에게 욕이 미친다는 생각은 오늘날과 같은 개인주의가 발달한 사회에서는 반드시 통하는 말이라고 할 수는 없습니다. 그렇지만 적어도 이런 생각이 나 자신의 행실에 영향을 미치는 것은 사실이지요. 내가 행실을 조심해야만 부모에게 욕이 돌아가지 않고, 내가 좋은 일을 하여 남의 칭송을 받으면 부모에게 영예가 돌아간다는 생각은 나름대로 좋은 교훈이 된다고 하겠습니다.

조상을 추모하고 근본에 보답하여 제사 지낼 때 정성을 다한다
선조가 계시지 않았더라면 내가 어찌 태어날 수 있었겠는가

追遠報本 祭祀必誠　　非有先祖 我身曷生
추원보본 제사필성　　비유선조 아신갈생

몇 해 전 추석 때였습니다.

초등학교에 다니는 아들과 함께 시골에 내려갔습니다. 고향 마을의 집안 대소가가 모여서 차례를 지내는데 아들이 "공자가 밉다"고 말하는 것이었습니다. 왜 그러느냐고 물었더니 "공자가 없었더라면 이렇게 제사를 지내지 않아도 되었을 거 아니에요" 하는 것이었습니다.

딴은 그렇군요. 공자가 유교를 창시했다고 알려져 있으니 제사를 지내는 격식도 공자가 만들었다고 생각했겠지요.

제사는 나라마다 격식은 달라도 기본 내용이나 정신은 같습니다. 모두 자기의 뿌리이며 근원인 조상을 추모하고 기리는 것입니다.

모든 종교도 사실은 조상 숭배의 변형이라고 합니다. 우리가 제사를 지내는 것은 기독교인이 교회에 나가 예배를 드리는 것이나 불교 신도가 절에 가서 불공을 드리는 것과 같습니다. 제사를 지내는 절차와 격식, 정신은 종교 의식과 조금도 다를 것이 없습니다. 우리 나라와 같이

유교가 널리 뿌리내린 사회에서는 조상에게 제사를 지내는 일이 중요한 행사였습니다.

옛날에는 '봉제사 접빈객'이라고 해서 제사를 받들고 손님을 접대하는 일과 시부모를 모시는 일이 여자가 해야 할 가장 중요한 일이었습니다.

그러면 왜 제사를 그렇게 중시했을까요? 돌아가신 조상에게 제사를 지냄으로써 내가 어떻게 하여 이 땅에 태어나 살아갈 수 있게 되었는지를 생각하는 것이지요.

사람은 누구나 자기 존재의 근원을 알고 싶어한답니다. 내가 왜 하필이면 '아무개 김씨 집안'에서, 또는 '아무개 이씨 집안'에서 태어났는가, 아버지와 할아버지 그리고 그 위의 아버지의 아버지, 또 그 위의 아버지의 아버지는 누구인가. 이런 끝없는 의문을 통해 사람은 어떻게 태어났으며, 어떻게 살아야 하며, 죽은 뒤에 어떻게 되는가 하는 뿌리 깊은 질문에 나름대로 답을 찾고 올바르게 살아가려고 하는 것이랍니다.

제사는 이런 의문의 답을 찾는 일 가운데 하나입니다.

追 쫓을 추
祭 제사 제
祀 제사 사
誠 정성 성
非 아닐 비
祖 조상 조

죽음을 늘 염두에 두는 문화에서는 삶도 소중히 여긴다고 합니다. 죽음을 마음속으로 살피면서 삶도 돌아보는 것이지요.

어른들 말씀을 들어 보면 육이오전쟁 동안에 등화관제를 시행할 때도 불빛이 새어나가지 않도록 이불로 방문을 가려 놓고 제사를 지냈다고 합니다. 아무리 먹을 것이 없어도, 먹고살기 고달프고 힘들어도 제사만은 꼭 지냈습니다. 이처럼 제사를 중히 여기다 보니 제사와 관련된 많은 설화나 민담이 전해져 옵니다.

옛날에 어떤 선비가 산길을 가다가 길을 잃었습니다. 밤이 이슥하도록 한참을 헤매다 보니 멀리서 불빛이 깜박였습니다. 불빛을 찾아가니 허름하고 작은 외딴집이 있었습니다. 때마침 그 집은 아버지 제사를 지내느라 밤이 늦도록 불을 켜 둔 것이었습니다. 선비가 주인에게 하룻밤 묵어 갈 것을 청했습니다.

선비가 방에 들어가 보니 방 한쪽에 제사상을 차려 놓았는데 법도에 맞지는 않았지만 나름대로 정갈하고 구색을 맞추려고 꽤 정성을 들인 흔적이 보였습니다.

그런데 한 가지 이상한 것은 제사상 밑에 큰 양푼이 놓여 있고 삶은 개고기가 들어 있었습니다. 남의 제사에 감 놔라, 배 놔라 할 수 없어서 가만히 지켜보다가 제사가 끝난 뒤 음복을 얻어먹으면서 넌지시 물어 보았습니다.

"주인장, 덕분에 하룻밤 쉬어 가게 된 데다 선친의 음복까지 먹게 되어 고맙기 그지없소. 그런데 이렇게 여쭈면 실례가 될지 모르겠소이다만, 저 개고기는 뭐요?"

그러자 주인이 겸연쩍은 듯 머리를 긁적이며 이렇게 대답했습니다.

"산골짜기에서 산밭이나 부쳐 먹는 무지렁이라서 아무 것도 모릅니다만 제사에 개고기를 올린다는 말은 저도 듣지 못했습니다. 그렇지만 아버지께서 살아생전에 개고기를 즐기셨기 때문에 저희 집에서는 아버지 기일이 되면 반드시 개고기를 마련한답니다. 아버지께서 별로 즐기시지 않던 것도 상에 올리는데 그렇게 즐기시던 개고기를 제사에 쓰지 않을 도리가 있겠습니까? 그런데 다른 집에 가 봐도 개고기를 제사에 쓰는 집이 없으니 차마 상에는 올리지 못하고 제사상 밑에 차려 놓은 것입니다."

그제야 선비는 고개를 끄덕이며 주인장의 효심에 감복하였습니다.

날이 밝자 선비는 다시 길을 떠났습니다. 며칠 동안 첩첩산중을 넘어가던 선비는 멀리서 반짝이는 인가의 불빛을 따라 그곳으로 갔습니다. 이 집도 마침 제사가 든 날이라고 했습니다.

선비는 이 사람들이 어떻게 제사를 지내는지 옆에서 구경했습니다. 주인집 식구가 제사상에 이것저것 갖추어 올려놓고는 저녁부터 닭이 울때까지 절을 하는 것이었습니다. 닭이 울자 제사를 마치고 음복을 나누었습니다. 이 광경을 본 선비가 하도 이상해서 왜 그렇게 절을 수도 없이 하느냐고 물었습니다. 주인이 대답했습니다.

"돌아가신 조상님의 혼령은 우리 눈에 보이지 않으니 언제 다녀가셨

는지 알 수가 없어서 자꾸 절을 합니다. 자꾸 절을 하다 보면 조상님이 어느 땐가는 우리 절을 받으실 게 아닙니까?"

이 말을 들은 선비는 속으로 '홍동백서' 니 '좌포우혜' 니 하면서 격식이나 따지는 유생들보다 이 산골 사람들이 더 제사를 잘 지낸다고 생각했습니다.

"남의 집 제사에 감 놔라, 배 놔라 한다" 거나 '가가예문' 또는 '가가법도' 라는 말이 있습니다. 원래는 일정한 형식으로 정해진 제사 법도가 있었으나, 집집마다 여러 대 전해 오는 동안 조금씩 바뀌고 달라진 것이니 제사 격식이 다르다고 해서 남의 일에 끼어들어서 이러쿵저러쿵해서는 안 된다는 말입니다.

위의 두 이야기는 제사란 격식보다는 마음과 정성이 중요함을 말해 줍니다.

내용이 없는 형식은 말라비틀어진 뼈다귀와 같고, 형식이 없는 내용은 허깨비와 같은 것입니다.

제사는 격식을 잘 갖추되 정성이 깃들어 있어야 합니다. 그러나 격식에는 미치지 못하더라도 정성이 깃든 것이 더욱 중요합니다. 그런데 정성이란 눈에 보이지 않는 것이라서 차려 놓은 제물을 보고 정성을 가늠하게 되었고 제물을 성대하게 차리는 것으로 집안의 격을 따지게 되면서, 정성은 간 데 없이 제물 차리기 경쟁을 벌이고 격식을 따지게 되었습니다. 그래서 마침내 제사를 지내는 것이 부담이 되었습니다.

정성이란 눈에 잘 보이지 않는 듯하지만 찬물 한 그릇으로 제사를 지낸다고 하더라도 정성이 깃든 제사는 알 수 있습니다.

이처럼 부모님을 섬겨야 효도라고 할 수 있다
이처럼 하지 못하면 짐승과 다를 것이 없다

事親如此 可謂孝矣    不能如此 禽獸無異
사친여차 가위효의    불능여차 금수무이


　부모님이 살아 계실 때에는 늘 편안히 지내실 수 있도록 살피고, 돌아
가시면 몹시 슬퍼하고 애도를 표하며, 감정을 추슬러서 일상생활로 돌
아오면 부모님과 관련이 있는 날짜나 사건, 장소를 접하면서 그리는 것
이 자식 된 도리입니다. 그래서 돌아가신 날짜를 특별히 기억하고 추모
하여 제사를 지내는 것입니다. 부모님이 살아 계실 때에는 정성을 다하
여 모시고 돌아가신 뒤에는 늘 애도하며 추모하는 것이 효도입니다.

　옛날 사람은 수달과 까마귀를 효도의 상징으로 여겼습니다.
　수달은 물고기를 잡아먹고 사는데, 가끔씩 잡은 물고기를 바위에 널
어놓는다고 합니다. 이것을 보고 사람들은 수달이 물고기를 잡아서 조
상에게 제사를 지낸다고 보았답니다.
　까마귀는 '반포조反哺鳥'라는 별명이 있습니다. 어미 까마귀가 먹이
를 물어다 새끼를 길러 놓으면 다 자란 까마귀는, 늙어서 눈이 어두워져
먹이를 잡을 수 없는 어미 까마귀에게 먹이를 물어다 준다는 데서 붙은

此 이 차
可 옳을 가
謂 이를 위
矣 어조사 의
禽 날짐승 금
獸 짐승 수
異 다를 이

이름입니다. 까마귀가 늙으면 눈이 어두워지는 것이 사실인지, 실제로 새끼 까마귀가 어미 까마귀에게 먹이를 물어다 주는지는 모르겠습니다만 수달이나 까마귀의 형태와 생활 습성을 보고 이런 상상을 했다는 것이 재미있습니다.

반면에 올빼미는 불효의 상징으로 여겼습니다.

올빼미는 한자로 효효라고 쓰는데, 새를 잡아서 나무에 매달아 놓은 모양에서 나왔답니다. 옛날 사람들은 올빼미가 자라면 제 어미를 잡아먹는 새로 알았습니다. 그래서 올빼미를 보면 불길하고 재수 없다고 여겨 잡아서 나무에 매달아 놓았답니다.

조선 시대에는 나라에 큰 잘못을 저지른 죄인의 머리를 잘라서 장대에 꽂아 달아 두었는데, 이 형벌을 효수梟首라고 합니다. 올빼미를 잡아서 나무에 달아 놓듯이 죄인의 머리를 장대 꼭대기에 달아 두기 때문에 붙은 이름입니다.

지금 생각하면 어이가 없는 것 같지만 옛날 사람들은 짐승의 행태와 습성마저도 사람의 윤리에 비추어 판단한 것입니다. 파렴치한 행동을 하거나 처자식을 버리고 학대하며 부모에게 불효한 사람을 보고 짐승만도 못한 인간이라고 하지요?

공부를 충실히 해서 벼슬하면 나라를 위해 충성을 다하고
존경과 믿음을 얻고 예산을 아껴 백성을 자식처럼 아낀다

學優則仕 爲國盡忠　敬信節用 愛民如子
학우즉사 위국진충　경신절용 애민여자

우리 나라 부모들은 세계에서 유례를 찾아보기 힘들 정도로 교육열이 대단하지요. 그런데 가만히 들여다보면 왜 그렇게 힘과 정성을 다하여 교육을 시키는지, 자녀에게 더 나은 교육을 시켜서 무엇을 하려는 것인지 목적을 알 수 없다는 생각이 듭니다. 다시 말해서 교육의 목표는 생각하지도 않고 그저 무턱대고 교육을 시키고 있다는 것입니다. 그저 남보다 한 시간이라도 빨리, 남보다 하나라도 더 많이, 남보다 조금이라도 앞서고 높은 지식을 가르치려고 합니다. 교육을 받을 사람의 그릇 크기는 생각하지도 않고 무조건 많이 집어넣으려고만 합니다. 이런 사람들은 교육이 무엇인지도 모르고 있는 것입니다.

교육은 이미 있는 지식을 정리하여서 전해 주는 것만이 아니라, 교육을 받을 사람에게 아직 모양을 갖추지 못하고 싹으로만 있는 능력을 길러서 밖으로 자라나도록 북돋아 주는 것이기도 합니다. 이전의 지식을 전하고 앞으로 살아갈 세상에서 자신의 능력을 발휘할 수 있도록 계발해 주는 것, 이 두 가지가 조화를 잘 이루어야 좋은 교육이 될 것입니다.

그런데 이전의 지식을 전해 주는 방식도 우리 나라에서는 차근차근 알아듣게 전해 주는 것이 아니라 자루에 물건을 꾹꾹 눌러 담듯이 억지로 집어넣곤 합니다. 교육을 하는 사람이나 교육을 받는 사람이나 교육이 무엇인지에 대해서는 아무런 생각도 하지 않고 말입니다.

내가 중학교 1학년 때의 일입니다. 어느 날 선생님께서 이런 말씀을 하셨습니다.

"너희는 중학생이다. 중학생이란 중등교육을 받는 학생이라는 말이다. 중학생은 초등학생과 달리 중견 지식인이다. 그러니 중학생이 되면 배운 지식을 남을 위해 쓸 줄 알아야 한다."

그때만 해도 초등학교를 졸업하고 중학교에 진학하지 못하는 학생이 더러 있던 시절이었습니다. 그러니까 선생님이 이런 말씀을 하신 뜻은 너희가 갈고 닦은 지식을 너희들 자신만을 위해서 쓰지 말고 남을 위해, 곧 이웃과 사회를 위해 쓰라는 것이었습니다.

옛날에는 교육의 주목적이 사회를 이끌어 가는 관료를 양성하는 것이었습니다. 그래서 글을 읽는 독서인은 누구나 당연히 과거 시험을 보아 벼슬길에 나아가 나라와 사회를 위해 봉사하는 것으로 여겼습니다.

사람은 누구나 이기적인 면이 있기 때문에 학문과 인격을 갈고 닦아야만 이기적인 욕망을 웬만큼 다스려 나라와 사회를 위해 애쓸 수 있습니다.

사실 높은 자리에 오를수록 이익을 챙길 수 있는 여지가 많습니다. 한 사회가 생산하는 이익은 모든 사람에게 골고루 돌아가야 합니다. 아니면 적어도 이익에 접근할 수 있는 기회가 누구에게나 똑같이 주어져야 합니다.

예를 들어 국토 개발이 가장 많은 이익을 생산하는 수단이라고 합시다. 누구라도 국토 개발을 계획하거나 담당하는 사람과 직접, 간접으로 관련이 있다면 국토 개발에 관해 다른 사람보다 더 많은 정보를 얻을 수 있을 것이고, 이렇게 얻은 정보로 남보다 더 재빨리, 더 많이 투자하여 더 많은 이익을 얻을 수 있겠지요. 만일에 국토 개발에 관련된 일을 하는 관리가 자기 식구나 친인척을 비롯하여 자기와 가까운 사람에게만 개발 정보를 빼돌린다면 어떻게 되겠습니까?

높은 관리가 자기의 친인척만 돌보고 사돈의 팔촌까지 챙긴다면 사회가 부패해지고 나라가 어지러워질 것은 불을 보듯 훤한 일입니다. 높은 관리가 개발 계획을 미리 빼돌려 친인척에게 투자하게 해서 막대한 이익을 챙기게 한다든지, 회사에서 개발한 최첨단 기술을 빼돌려서 많은 돈을 받고 다른 나라에 팔아먹는다든지 하는 온갖 비리가 바로 이런 방식으로 생겨나는 것입니다.

그러니 옛날부터 관리가 되려는 사람에게 높은 학식과 인격을 요구한 것은 당연한 일이겠지요.

학생, 학부모, 선생 할 것 없이 모두가 공부를 왜 해야 하는지, 어떻게 공부를 할 것인지, 공부를 해서 얻은 지식을 어떻게 쓸 것인지, 어떻게 가

盡 다할 진
忠 충성 충
信 믿을 신
節 알맞을, 마디 절
用 쓸 용
民 백성 민

르쳐야 하는지 하는 가장 기본이 되는 물음부터 생각해 보아야 합니다.

옛날에는 학문을 닦아 사회에 나아가 일을 한다는 것은 곧 과거시험을 통해 벼슬을 하여 나랏일을 하는 것이었습니다. 요즘으로 말하자면 공무원이 되는 것입니다. 공무원은 국민이 낸 세금으로 나라의 살림살이를 계획하고 예산을 집행하여 나라의 살림을 꾸려 가는 국민의 심부름꾼입니다. 그러므로 공무원은 백성의 주인 행세를 하려고 들어서는 안 됩니다. 나랏일은 국민이 누구나 믿을 수 있게 해야 합니다.

보통 사람은 자기 이익을 먼저 생각하고 자기에게 유리한 일을 하려고 듭니다. 모든 사람이 서로 자기 이익을 챙기겠다고 나설 때, 나랏일을 맡은 공무원은 나라 전체가 골고루 발전하고 이익이 국민 모두에게 공평하게 돌아가도록 일을 성실하게 처리해야 합니다. 이것이 바로 국민으로부터 존경과 믿음을 얻는 길입니다.

그뿐만 아니라 국민에게서 거둔 세금은 쓰일 곳을 짜임새 있게 정하여 아껴 써야 합니다. 세금은 국민이 힘을 모은 것입니다. 그러므로 세금을 함부로 쓰거나 엉뚱한 곳에 써서 낭비한다면 국민으로부터 원성을 사게 됩니다.

공무원뿐만이 아니라 무슨 일이든 위에서 일을 계획하고 관리하고 이끌어 가는 사람은 일을 성실하게 하여 아랫사람이 믿을 수 있도록 하고, 용도를 절약하고 계획성 있게 써서 아랫사람에게 부담 주지 않도록 해야 합니다.

사람의 윤리 가운데 충성과 효도가 근본이다
효도는 힘써서 해야 하고 충성은 목숨을 다 바쳐야 한다

人倫之中 忠孝爲本　孝當竭力 忠則盡命
인륜지중 충효위본　효당갈력 충즉진명

사람이 살아가는 데 울타리와 같은 것이 윤리입니다.

사람은 누구나 남과 관계를 맺고 살아갑니다. 사회와 개인, 부모와 자식, 남편과 아내, 선배와 후배, 벗들 사이, 이 다섯 가지 기본 인간관계와 또 여러 가지 작은 관계를 맺으며 살아갑니다. 인간관계의 가장 기본이 되는 것은 사회와 개인, 부모와 자식의 관계입니다.

사회와 개인 사이에는 충성이라는 덕목이 기본입니다. 충성이란 우리가 흔히 옛날 역사 이야기책이나 텔레비전 연속극에서 보듯이 왕을 위해 목숨을 바치고, 간신의 모함을 받아 사약을 받고 죽는 따위의 것이 아니라 나라와 사회를 위해 자신의 최선을 다하는 것을 말합니다.

농사를 짓고 살던 옛날 우리 나라와 중국에서는 피를 나눈 피붙이들이 모여서 마을을 이루고, 마을과 마을이 혼인으로 맺어져서 더 큰 지역사회를 이루고, 이렇게 모인 마을과 지역사회가 확대된 것을 나라라고 생각했습니다.

그래서 집안과 나라는 같은 구조로 이루어진 것으로 생각했고, 집안

에서 가장 기본이 되는 덕목은 효도이고 나라와 사회에서 가장 기본이 되는 덕목은 충성이라고 여겼습니다. 부모를 섬기는 마음을 그대로 나라의 지도자에게 옮기면 그것이 충성이 되는 것입니다.

오늘날은 민주주의 사회입니다. 국민이 주인인 사회입니다. 그래서 나라가 어느 누구의 소유가 아니라 우리 나라 모든 사람의 것입니다. 그러므로 나라의 주인인 국민 한사람 한사람이 나라의 주인으로서의 자질을 갖추지 않으면 나라가 어지러워집니다.

아무리 혼자서도 살아갈 수 있는 개인주의 사회가 되었다고 하지만 가족과 사회와 나라는 개인을 둘러싼 울타리입니다. 그래서 사람이 살아가는 한 가족과 사회에 대한 반성은 꼭 필요합니다. 요즘 식으로 이해하자면 가족 윤리의 기본이 효도이고 사회 윤리의 기본이 충성이라고 하겠습니다.

# 부부 이야기

부부의 관계는 두 성씨가 결합한 것이니
부부 사이에는 분별이 있어야 하고 손님을 대하듯 공경해야 한다

夫婦之倫 二姓之合　內外有別 相敬如賓
부부지륜 이성이합　내외유별 상경여빈

예나 지금이나 혼인은 대단히 흥겹고 기쁜 축제입니다. 옛날에는 어느 집의 아들이나 딸이 혼인을 하면 곧 동네잔치가 되었습니다.

누구네는 떡을 보내고 누구네는 감주를 보내고 누구네는 술을 한 말 보태고 아무개네는 장작을 몇 단 보태고 하는 식으로 저마다 힘닿는 대로 물건을 보태고 힘을 보태어 잔치를 치렀습니다.

누가 더 내고 누가 덜 내는 것은 아예 따질 거리도 되지 않았습니다. 형편이 넉넉할 때도 있고, 형편이 어려울 때도 있으니 많을 때는 많이 내고 어려우면 덜 내고 하는 식이었습니다.

물론 대충은 받은 만큼 갚는 것이지만 꼭 맞게 갚을 수는 없으니 어림 짐작하여 서로가 섭섭하지 않을 만큼 갚는 것입니다.

이렇게 할 수 있었던 것은 같은 성씨끼리 한마을에 모여 살았기 때문입니다. 그러니 무슨 일이 있으면 언제라도 모일 수가 있었답니다.

집안의 갖가지 행사뿐만 아니라 농사일에서부터, 가뭄과 홍수가 일어나거나 유행성 전염병이 돌거나, 떼도둑이 쳐들어 오거나 할 때 그런 일

夫 지아비 부
婦 아내 부
二 두 이
姓 성 성
合 합할 합

들과 맞싸우는 일에 이르기까지 한 지역에서 일어나는 모든 일을 집안과 마을 사람들이 모두 힘을 합해 해결했습니다.

정보 통신과 교통이 발달하지 않고 국가의 공권력이 골고루 미치기 어려웠던 옛날에는 이처럼 한 지역의 여러 집안과 여러 마을이 힘을 합하여 자치 조직을 이루어 살았습니다. 법과 치안도 국가에 의존하기보다 마을의 관습에 따라 유지해 나갔습니다. 그래서 전통이 있는 오래된 마을이나 집안에서는 다툼이 일어났을 때 마을이나 집안에서 해결하지 않고 관청에 가서 판결을 받는 것을 수치스럽게 여겼답니다. 그러므로 한 집안이 발전하자면 겨레붙이가 많아지고 또 이웃의 세력 있는 집안과 혼인을 많이 맺는 것이 중요했습니다.

인류는 오랫동안 살아오면서 같은 혈통끼리 혼인하는 근친혼이 좋지 않다는 것을 깨달았습니다. 좁은 지역에서 그곳 사람들끼리만 혼인하여 피가 비슷해지면 나쁜 유전인자가 전해져서 퇴화합니다. 이런 것을 유전병이라고 합니다.

　　근친혼은 유전병을 비롯한 여러 이유로 고대부터 금기되었습니다. 물론 신라 시대에 근친혼 관습이 있었고, 일본은 왕실의 혈통을 지키기 위해 최근까지도 근친혼을 하기도 했습니다만, 고대 사회부터 인류는 다른 지역의 다른 집안과 혼인하는 관습을 지켜 왔습니다. 이를 족외혼이라고 합니다.

　　옛날에는 사위를 문객門客이라고도 불렀습니다. 한 가문의 손님이라는 뜻입니다. 같은 성씨가 모여 사는 마을에 다른 성씨를 가진 사람이 장가들어 가끔씩 손님처럼 오가니 가문의 손님, 곧, 문객입니다.

　　족외혼 제도에서 여자는 한 집안으로 시집가면 자기 친정 집안을 대표하는 동시에 시집에서는 볼모가 되었습니다.

　　그러니까 친정 집안에서 딸을 시집으로 보내면서 두 집안이 서로 돕고 우호적으로 지내며, 절대 두 집안의 화친을 깨뜨리지 않겠다는 보증으로서 딸을 주고받은 것입니다. 그래서 시집을 보낸 여자의 집안에서는 새로 맞이한 사위를 집안의 손님으로 극진히 대접함으로써 딸의 안전을 약속 받았습니다.

　또한 여자는 재혼이 자유롭지 못해서 남편이 죽더라도 시집에서 일생을 마쳐야 했지만, 남자는 여자가 죽으면 또 다른 집안에서 아내를 맞이할 수 있었으므로, 이전 처가의 집안에서는 언제라도 사위가 인척의 관계를 떠날 수 있기 때문에 사위를 손님으로 여긴 것입니다.

　새로 맞이한 사위의 인품과 재능을 시험하는 이야기나 신랑의 어리석음을 풍자하는 민담이 많은 것도, 아마 딸을 시집 보낸 동네에서 자기 집안의 딸을 빼앗긴다는 본능적인 피해 의식을 보상받으려는 심리에서 비롯된 것이기가 쉽습니다.

　아무튼 족외혼을 함으로써 산을 하나 넘으면 사돈네, 내를 하나 건너면 누이네, 고개를 둘 넘으면 외가, 이런 식으로 인척의 결속이 확대되어 갔는데, 이런 결속의 확대가 곧 영향력의 확대가 되는 것이지요. 여러 세력이 있는 집안과 혼인 관계를 많이 맺을수록 그 지역 사회에서 힘이 많이 생기는 것입니다. 이렇게 친족과 인척의 결속이 여러 겹으로 다져져서 한 지역에서 서로가 엮여 살았던 것입니다.

이런 사회의 구성이 근대 이전의 우리 전통 사회의 모습이었습니다. 이런 친족과 인척의 결속은 집단 이기주의를 비롯한 여러 부작용도 낳았지만 공권력이 골고루 미치지 못하고 치안이 부족했던 옛날에는 지역사회를 지켜 온 힘이기도 했습니다.

임진왜란과 일제강점기의 활발했던 의병 활동도 이런 지역사회의 결속과 향촌 자치의 전통이 그 바탕을 이루었다고 합니다.


현대 사회는 개인이 중심이 된 사회입니다. 그래서 혼인도 이제는 가문과 가문, 성씨와 성씨의 결합이 아니라 한 남자와 한 여자의 결합이 되었습니다. 남자든 여자든 더는 자기 가문을 대표한다는 의식도 없어졌고, 대부분 도시에 이주해서 살면서 사위를 가리키던 '문객'이라는 말도 사라지고 있습니다. 이런 변화는 어쩔 수 없는 측면도 있고 또 바람직한 측면도 있습니다. 산업이 발달하고 도시가 발전하여 대부분 도시에서 개인으로 살아가는 사회에서 가문의 전통이나 관습의 굴레에 얽매여 자신의 개성과 존엄성을 희생당하고 산다는 것은 말이 되지 않지요. 사회의 변화에 따라 결혼에 대한 관념도 바뀌어야 합니다. 그렇지만 가문을 대표한다고 생각하고 가문의 위신과 품위를 지키기 위해 노력했던 그 마음도 나름대로는 소중한 것입니다.

옛날 중국에 양홍이라는 사람이 있었습니다. 집안이 가난하였으나 늘 절개를 지키며 인격과 품위를 갖추었습니다. 공부를 어찌나 열심히 하였는지 통달하지 않은 것이 없을 정도였습니다. 그러나 학업을 마치고도 집안이 너무 가난하여 왕실의 돼지치기를 하였습니다.

양홍이 하루는 실수로 불을 내어 이웃집이 타 버렸습니다. 양홍은 불탄 집에 찾아가서 재산 피해가 얼마나 되는지를 묻고 돼지로 계산하여 갚아 주었습니다.

그러나 주인이 그것으로는 부족하다고 하자, 양홍은 "내게는 다른 재산이 없으니 내 몸으로 갚겠습니다" 하고 그 집에 들어가 조금도 게으름을 피우지 않고 밤낮으로 부지런히 일했습니다.

이웃집 노인이 양홍의 사람됨을 보고 보통 사람이 아니라고 여겨 주인을 찾아가서, 양홍은 대단히 훌륭한 사람인데 이런 사람을 고용살이 시킨다고 꾸짖었습니다. 주인도 그제야 양홍의 인품을 알아보고 존경하는 마음이 생겨 돼지를 돌려주려고 했습니다. 그러나 양홍은 돼지를 돌려받지 않고 고향으로 돌아갔습니다.

세력이 있는 집에서는 모두 그의 높은 인품을 알아보았고, 딸 가진 집 안에서는 너도나도 사위 삼으려고 하였는데 양홍이 다 거절하였습니다.

같은 고을에 사는 맹씨에게 딸이 있었는데, 뚱뚱하고 못생기고 살결도 검고 돌절구를 들 만큼 힘이 셌습니다. 신랑감을 고르느라 서른이 되도록 시집을 가지 않고 있어서 부모가 어떤 사람에게 시집을 가려고 그러느냐고 물었습니다. 딸은 "양홍같이 어진 사람에게 시집가고 싶습니다" 하고 대답했습니다. 이 말을 전해 들은 양홍이 맹씨의 딸에게 청혼을 하였습니다.

이 처녀는 베옷과 삼으로 삼은 미투리와 옷감을 짜는 기구와 바느질 도구를 가지고 양홍한테 시집을 갔습니다.

시집 오던 날 이 여인은 화장을 곱게 하고 좋은 옷을 차려입고 왔습니다. 그러나 양홍은 혼인을 하고 이레가 되도록 아내를 거들떠보지도 않았습니다. 아내가 물었습니다.

"저는 당신이 고상하고 의로운 사람이어서 조건이 좋은 수많은 여자를 거절했다고 들었습니다. 저도 좋은 남자들을 다 마다하고 당신에게 시집 왔습니다. 저에게 무슨 죄가 있다고 이러십니까?"

양홍이 대답했습니다.

"내가 바라던 아내는 거친 옷을 입고 함께 깊은 산속에 숨어서 살 수 있는 여자랍니다. 그런데 혼인을 하고 보니 당신은 좋은 비단으로 옷을 해 입고 얼굴에는 분을 발랐더군요."

아내가 "저는 당신의 뜻이 어디에 있는지를 보고 싶었던 것뿐이랍니다. 제게도 숨어 살기에 적합한 옷이 있답니다" 하고 말하고는 단장을 했던 머리를 풀어서 다시 빗질을 하고 베옷으로 바꿔 입고 당장이라도 떠날 기세로 나타났습니다. 그제야 양홍은 크게 기뻐서 말했습니다.

"정말 이 양홍에게 딱 어울리는 배필입니다."

그러고는 아내의 이름을 빛난다는 뜻인 광光으로 바꿔 주었습니다. 얼마 뒤 맹광이 양홍에게 말했습니다.

"당신은 늘 당장이라도 이 험한 세상을 피해 숨어서 재앙을 면할 듯이 하더니 왜 지금은 가만히 계시는 겁니까? 머리를 수그리고 출세를 하여 재앙을 불러들이려는 것은 아니겠지요?"

그러자 양홍은 기다렸다는 듯이 대답했습니다.

"좋소. 떠나기로 합시다."

그 뒤 두 사람은 산속으로 들어가 농사를 짓고 길쌈을 하며 살았습니

다. 그러는 한편으로 고전을 읽고 읊조리며 거문고를
타면서 마음 편히 지냈습니다.

그러다가 어느 때에 동쪽으로 옮겨 가게 되었는데, 서울을 지나면서
현실을 비판하는 시를 지었습니다. 이 시가 왕의 기분을 나쁘게 하여 왕
은 양홍을 잡아 오라고 하였습니다.

양홍은 얼른 이름을 바꾸고 아내와 함께 달아났습니다. 남쪽으로 가
서 고백통이라는 부호의 집 행랑채를 얻어 그 집 방아를 찧어 주면서 살
았습니다.

양홍이 방아 찧는 일을 하고 저녁에 집으로 돌아오면 맹광이 저녁을
지어 주는데, 늘 남편을 공경하는 태도로 밥상을 눈썹 높이까지 들어 올
려서 바치는 것이었습니다.

고백통이 그런 모습을 보고 이상하게 여겨 혼잣말을 했습니다.

"저 사람은 우리 집에서 허드렛일을 하는 일꾼일 뿐인데, 아내가 저
토록 공손하게 대하는 것을 보니 보통사람이 아닌 게 틀림없어."

그러고는 양홍을 자기 집 안에 들어와 살게 했습니다.

양홍은 문을 닫고 조용히 들어앉아서 책을 십여 권 썼습니다. 나중에 병이 들어 죽게 되었을 때 양홍은 주인에게 부탁하여 식구들이 자기 유해를 고향으로 옮겨 가지 말고 근처에다 묻게 하였습니다. 장사를 마친 뒤 맹광과 자식들은 양홍의 고향으로 돌아갔습니다.

이 이야기에서 유래한 고사 성어를 거안제미擧案齊眉라고 합니다. 상을 눈썹 높이로 들어올렸다는 뜻으로, 아내가 남편을 지극히 공경하는 것을 말합니다. 옛날에는 가부장 사회여서 아내가 남편을 잘 섬기는 것을 미덕으로 여겼기 때문에 이 이야기가 널리 퍼졌습니다.

사실 아내만 남편을 깍듯이 섬겨야 하는 것은 아닙니다. 남편도 아내를 지성으로 대해야 합니다. 부부 끼리도 서로 상대방을 인격체로 존중해야 합니다.

남편의 도는 온화하되 의롭고 아내의 덕은 부드럽고 순종함이다
남편이 결정하고 아내가 따라가면 집안의 법도가 이루어진다

夫道和義 婦德柔順　夫唱婦隨 家道成矣
부도화의 부덕유순　부창부수 가도성의

道 길, 도리 도　和 화할 화
義 옳을, 의로울 의　柔 부드러울, 순할 유
順 순할 순　家 집 가

　전통 사회를 흔히 가부장 사회라고 합니다. 아버지가 가장으로서 집안의 중심이 되어 모든 일을 결정하고 이끌어 가는 사회라는 뜻이지요.

　우리 나라는 아직도 가부장 전통의 흔적이 남아 있어서 남자가 사회와 가정의 주체라고 여기는 관습이 완전히 사라지지는 않은 듯합니다. 그러나 요즘은 할아버지 할머니에서 손자 손녀, 또는 증손자 증손녀에 이르기까지 몇 대가 한집에 살고, 사촌에서 팔촌까지 이웃하여 모여 살던 동족 사회가 아니라, 대부분 부모와 자녀를 중심으로 가족이 구성되어 있는 핵가족 사회입니다.

　핵가족 사회는 각 가정이 개별적으로, 주체적으로 살림살이를 꾸려 가는 사회입니다. 이런 핵가족 가정에서는 집안의 남자 어른이 중심이 아니라 실제로는 어머니가 중심이 되어 집안일을 꾸려 나가게 됩니다.

　아버지는 밖에서 일을 하여 돈을 벌어 오고 어머니는 그 돈으로 살림을 꾸리고, 아버지 어머니 두 분 모두 일을 하더라도 집안의 크고 작은 일에 관련된 결정이나 경제 운영은 어머니가 중심이 되는 경우가 많습

니다. 그러므로 요즘 같은 사회에서는 남편이 주장하고 아내가 이에 잘 따르는 것을 이르는 '부창부수'란 말은 맞지 않은 말이 되었습니다.

그렇지만 이 말을 달리 해석하자면 집안에서 일어나는 모든 일은 남편과 아내가 서로 의논해서 어느 한쪽의 의견이 옳으면 그것을 따라서 잘 처리해야 한다는 말로 생각할 수 있겠지요.

남편이라고 해서 무조건 자기 의견을 주장하고, 여자라고 해서 무조건 따라야 하는 것은 아닙니다. 남편이든 아내든 한쪽에서 현명하고 올바른 의견을 내면 자기 뜻에 맞지 않더라도 받아들여서 일을 잘 처리해야 하는 것입니다.

# 형제 이야기

형과 아우, 언니와 동생은 같은 기운을 받고 태어났다
형은 아우를 아끼고 아우는 형을 공경하며 원망하거나 성내지 않는다

兄弟姉妹 同氣而生　兄友弟恭 不敢怨怒
형제자매 동기이순　형우제공 불감원노


　형제를 예전에는 동기同氣라고도 했습니다. 동기라는 말은 같은 기운을 가졌다는 말이지요. 옛날 사람들은 모든 것이 기운, 곧, 기氣로 이루어졌다고 생각했습니다. 이처럼 모든 것이 기로 이루어졌지만 기 가운데서도 나와 더 가깝고 나와 관계가 더 깊은 기가 있겠지요.

　한국 사람은 일본이나 중국 사람보다, 같은 지방은 다른 지방보다, 같은 성씨는 다른 성씨보다 그 기가 나의 기와 더 가깝고, 일가친척, 작은집과 큰집의 삼촌과 사촌들, 어머니 아버지와 형제들의 기가 나의 기와 더 가까운 것입니다. 특히 형제는 아버지 어머니의 기를 같이 물려받은 사이입니다. 아버지와 어머니는 서로 다른 집안에서 태어나 자라서 한 가족을 이룬 사이이지만 형제는 아버지와 어머니에게서 한 핏줄을 타고난 사이인 것입니다. 그래서 세상에서 나와 유전인자가 가장 가까운 사이는 형제밖에 없습니다. 그러니 얼마나 소중한 사이입니까? 옛날 사람들은 핏줄은 서로 당긴다고 생각했습니다.

　얼마 전에 흥미로운 기사를 읽었습니다. 일란성 쌍둥이가 어릴 때에

兄 맏 형
弟 아우 제
姊 손윗누이 자
妹 손아래누이 매
同 한 가지 동
氣 기운 기
友 벗 우

멀리 떨어져서 서로를 까마득히 모른 채 살았는데, 나중에 보니 성격이
나 하는 일이나 행동이 비슷했다고 합니다. 비록 자란 환경은 달랐지만,
만나자마자 서로가 쌍둥이란 것을 알았다는 것입니다. 행동거지, 말투,
웃는 버릇, 좋아하는 영화, 신체의 알레르기, 특정한 질병 등 많은 부분이
서로 같았답니다. 또 둘 다 어릴 때부터 파리 여행을 꿈꾸다가 여행을 했
으며, 고등학교 다닐 때는 학교 신문사에서 편집 일을 했고, 대학에서는
영화를 전공했다고 합니다. 그리고 똑같이 글 쓰는 일을 하고 있었다는
것입니다.

  이런 경우는 드문 예라고 하겠으나, 같은 기운을 받고 태어난 형제 사
이에는 남들보다 닮은 점이 많은 것은 당연하겠지요. 그런데 형제는 함
께 보내는 시간이 많기 때문에 좋은 점 나쁜 점을 닮고 드러내게 되어 있
습니다. 그래서 토닥토닥 다투기도 하는 것입니다. 이렇게 서로 부대끼
다 보면 감정 상하는 일도 많지만 차츰차츰 양보하고 타협하고 돕고 아
끼는 것을 배우고 나아가 사회 생활을 하는 기본 소양을 갖추게 됩니다.

뼈와 살은 나누어 있지만 본디 한 기운을 받고 났으며
몸은 서로 다르지만 본바탕은 한 핏줄을 받고 태어났다

骨肉雖分 本生一氣　形體雖異 素受一血
골육수분 본생일기　형체수이 소수일혈

「삼국지연의」의 주인공 가운데 한 사람인 조조의 아들들 이야기입니다. 조조에게는 여러 아들이 있었는데, 그 가운데 조비와 조식 두 형제가 뛰어난 인물이었습니다.

조조와 이 두 아들은 시를 잘 지어서 중국 문학사에서도 이름이 난 사람들입니다. 그 가운데 특히 조식이 뛰어났습니다.

조조가 죽고 나서 조비가 아버지의 뒤를 이어 권력을 물려받고 마침내 위나라를 세웠습니다. 그런데 조비는 늘 재주 많은 아우 조식을 시기하고 미워하여 꼬투리를 잡아서 죽이려고 하였습니다.

그러나 조식의 재주가 아까워서 일곱 걸음 걸을 동안, 형제라는 글자는 한 글자도 넣지 말고 형제를 내용으로 한 시를 한 수 지으면 살려 주겠다고 합니다. 조식은 일곱 걸음을 걷는 동안 시를 읊습니다.

콩을 삶아 국을 끓이고
콩을 걸러 즙을 짠다

骨 뼈 골
肉 고기 육
分 나눌 분
形 모양 형
素 본디 소
血 피 혈

콩대는 솥 아래서 타고
콩은 솥 안에서 눈물 흘린다
본래 한 뿌리에서 났는데
어찌 서둘러 끓여 대는가?

이 시를 들은 조비는 부끄러워하며 조식을 놓아 주었다고 합니다.
당나라 때 두보라는 유명한 시인도 전란으로 뿔뿔이 흩어진 형제를 그리워하며 안타까운 마음을 노래하였습니다.

수자리 북 소리에 사람 발길 끊어지고
변방 가을에는 외기러기 운다
오늘 밤부터 이슬 내린다는데
저 달은 고향에서도 밝던 그 달
아우들 모두 흩어졌는데

생사를 물어 볼 곳이 없네
편지를 보내도 언제 닿을지
전쟁이 아직 끝나지 않았으니

당시 중국은 안록산의 난을 비롯해 나라가 늘 전란에 휩싸여 있었고, 그 와중에 두보는 평생 벼슬살이도 제대로 못하고 여기저기 방랑을 하였다고 합니다.

이 시에는 전란을 겪는 백성의 고통, 형제자매와 식구들이 뿔뿔이 흩어져서 서로 그리워하면서도 만나지 못하고 생사조차도 알지 못해 안타까워하는 심정이 나타나 있습니다. 동기간의 우애는 그 무엇보다도 소중한 덕이랍니다.

나무에 견주면 같은 뿌리에서 난 다른 가지와 같고
물에 견주면 같은 샘에서 나온 다른 냇물과 같다

比之於木 同根異枝　比之於水 同源異流
비지어목 동근이지　비지어수 동원이류

比 견줄 비
於 어조사 어
木 나무 목

신라 시대에 월명月明이라는 유명한 스님이 있었습니다.

월명 스님의 누이가 죽어서 재齋를 지내고 있었습니다. 월명 스님이
재를 지내면서 노래를 하나 지어서 불렀더니 갑자기 바람이 일어 지전
紙錢이 서쪽을 향해 날아가 버렸습니다.

지전이란, 죽은 이가 저승에서 쓰라고 종이를 돈 모양으로 오려 만든
가짜 돈인데 재를 지낼 때 불에 태우는 것입니다.

서쪽은 불교에서 말하는 극락세계가 있는 곳입니다. 죽은 이는 모두
서쪽에 있는 저승으로 가서 심판을 받고 극락이나 지옥으로 간다고 합
니다. 지전이 서쪽으로 날아갔다는 것은 월명 스님의 간절한 노래가 죽
은 누이의 영혼을 감동시켜서 감응이 일어났음을 말합니다. 노래는 다
음과 같습니다.

삶과 죽음의 길
여기 있기에 두려워.

나는 간다 말도

못다 이르고 갔는가?

어느 가을 이른 바람에

여기저기 떨어지는 잎처럼

한 가지에 나고서도

가는 곳 모르는구나.

아으! 미타찰彌陀刹에서 만나 볼 나

도道 닦아 기다리겠노라.


미타찰은 아미타 부처님이 계시는 서방의 극락정토를 가리킵니다. 죽은 사람이 가는 세계로 알려져 있지요.

이 시에는 먼 훗날 나도 죽어서 미타찰에 가서 누이를 만날 테니 도를 닦으면서 그날을 기다리겠다는 염원이 들어 있습니다.

도를 많이 닦아 고명한 월명 스님도 죽음 앞에서는 두려움을 느끼는

根 뿌리 근
枝 가지 지
水 물 수
源 근원 원
流 흐를 류

한 인간입니다. 어느 가을날 아침 싸늘한 바람에 홀연히 낙엽이 지듯이 마지막 작별 인사를 할 겨를도 없이 죽음의 세계로 떠나 버린 누이를 안타까워하는 마음을 능히 헤아릴 수 있습니다.

　한 가지에서 이른 봄에 차례로 잎이 돋아 여름날 뙤약볕과 소나기를 견디며 무성하게 자라다가 가을이 되어 떨어지는 잎사귀처럼, 형제는 한 부모에게서 차례로 태어나지만 죽을 때는 반드시 나이 순으로 죽지는 않지요. 그래서 더욱 형제를 잃은 안타까움이 더한가 봅니다.

형제는 서로 사이좋게 지내고 다닐 때에는 나란히 다니며
잘 때에는 나란히 이불을 덮고, 먹을 때에는 한 상에서 먹는다

兄弟怡怡 行則雁行　寢則連衾 食則同牀
형제이이 행즉안행　침즉련금 식즉동상

안행雁行은 기러기가 기역 자나 니은 자 모양으로 차례로 줄지어 날아가듯이 몇 사람이 줄지어 조금 비스듬히 뒤따라가는 모습을 가리키는 말입니다. 형제가 다닐 때는 형이 앞서고 아우가 뒤에 조금 비스듬히 따라간다고 해서 형제가 다니는 모습을 가리키기도 하고, 형제의 항렬을 가리키기도 합니다. 형제의 항렬을 말할 때는 '안항' 이라고 읽습니다.

기러기 떼가 이동할 때에는 경험 많고 노련한 기러기가 맨 앞에서 행렬을 이끌며 납니다. 그러다가 힘들어 뒤로 처지면 뒤를 따르던 다른 기러기가 앞장섭니다. 맨 앞에서 날면 공기를 가르면서 날아야 하기 때문에 힘들다고 합니다. 그래서 가장 힘이 세고 경험 많은 기러기가 맨 앞에서 나는 것이지요.

기러기가 이처럼 서로 힘을 도와 날아가듯이, 형제도 형이 어린 아우를 돌봐 주다가 아우가 커서 제 몫을 하게 되면 힘들고 어려운 일을 할 때 자기가 나서서 형을 돕고 거들지요.

나이가 많든 적든 형제가 의좋게 다니면 그 모습이 참 보기 좋지요.

怡 기쁠 이
雁 기러기 안
寢 잠잘 침
連 잇닿을 련
衾 이불 금
牀 평상 상

내가 어릴 때 아우와 활을 만들어서 어깨에 메고 나가면 동네 아저씨, 아주머니들이 군수감이다, 장군감이다 하면서 흐뭇하게 여겼습니다. 형제가 씩씩하고 의좋게 다닌다고 대견해하신 것입니다.

요즘은 형제자매가 많아야 둘이나 셋이지요. 셋 이상인 집은 참 드뭅니다. 그래서 대부분 자기 방을 따로 가지고 있지요. 옛날에는 집은 작은데 자식이 많아서 형제자매가 한 방에서 같은 이불을 덮고 옹기종기 살았답니다. 흥부와 놀부 이야기를 보면 흥부가 자식은 많은데 옷감이 없어서 이웃집에서 얻은 멍석에 아이들 수효만큼 구멍을 뚫어서 머리만 내밀게 해서 옷 대신 입힌 이야기가 나오지요. 이것은 얘기를 재미있게 하느라고 좀 부풀린 것이지만, 옛날에는 형제들이 옷이나 이불이나 그릇을 함께 나눠 썼습니다.

나는 어릴 때 바로 밑의 아우와 사랑방에서 할아버지와 함께 지냈습니다. 할아버지가 맨 아랫목 따뜻한 곳에 따로 요와 이불을 쓰시고 윗목에서 나와 동생이 한 이불을 덮고 잤는데, 겨울에는 서로 따뜻하게 자겠

다고 이불 싸움을 많이 했답니다. 이렇게 이불을 두고 다툴 때는 밉고 성가시기도 했지만 밖에 나가 다른 집 애들과 싸울 때나 또 나무를 하거나 어려운 일이 생길 때는 형제밖에 없었습니다. 내가 당한 어려운 일을 자기 일처럼 여겨 줄 사람이 누가 있겠습니까? 형제뿐이지요.

형제도 이렇게 서로 부대끼며 살아야 정이 나는 법입니다. 연필도 나눠 쓰고 공책도 나눠 쓰고 옷도 돌려 입고 하다 보면 형제 사이의 정이 소중한 것을 저절로 느끼게 되고, 또 물건이 귀한 것도 알게 됩니다. 네 것 내 것이 정해져 있어서 내 것은 남이 손도 대지 못하게 하고, 밥 먹을 때나 겨우 얼굴을 볼 뿐 저마다 제 방에서 문을 닫고 혼자 지낸다면 형제 사이에 깊은 정이 생기기 어렵답니다.

나눌 때 많이 가지려 하지 않고 서로 나눠 주고 나눠 받는다
옷과 음식을 자기 것이라고 혼자 차지한다면 오랑캐 무리다

分毋求多 有無相通　私其衣食 夷狄之徒
분무구다 유무상통　사기의식 이적지도

　먹을거리가 귀하던 옛날에는 집에 군것질할 것이 별로 없었습니다.
끼니때에 맞춰 밥을 먹는 것만도 힘든 일이었으니까요.

　그렇지만 다행히 들에 나가면 봄부터 늦가을까지 무어라도 먹을거리
가 있었습니다. 이른 봄에는 찔레 순, 삘기, 승아, 송기, 칡뿌리 등이 있
고, 초여름에는 앵두, 오디, 가끔씩 누에고치를 풀 때 나오는 번데기가
입을 즐겁게 해 주고, 가을이면 잔대, 산도라지와 개암 등을 먹을 수 있
었습니다. 밭에서 가끔씩 해 먹는 감자 산굿이며 밀서리, 콩서리도 하곤
했으니, 자연에서 나는 이런 갖가지 먹을거리 덕분에 그마나 밥을 부실
하게 먹고도 탈 없이 무럭무럭 자랄 수 있었답니다.

　여름에 먹는 먹을거리 가운데 밥 말고 가장 흔하고 맛이 좋은 것이 감
자와 옥수수였지요. 감자는 밥할 때 넣어서 쌀과 좁쌀 양을 늘리기도 하
고, 풋강낭콩과 밀가루를 조금 섞어서 넣고 버무려 쪄서 먹거나, 감자만
따로 쪄 먹습니다. 아이들은 감자를 껍질 채로 쇠죽솥에 넣거나 쇠죽불
에 구워서 먹기도 했습니다. 전날 삶아 먹다가 남은 감자를 다음 날 식

전에 쇠죽불에 구워 먹는 맛도 일품이었습니다. 감자나 옥수수를 한 솥 쪄 놓으면 서로 다투어 큰 것을 골라서 두세 개씩 남모르는 곳에 숨겨 놓고는 큰 것을 골라 먹었습니다.

이렇게 서로 먹을 것을 다투는 것을 보고 어른들은 수선스럽다고 하면서도 크게 나무라지는 않았습니다. 어른들도 어린 시절을 다 그렇게 보냈으니까요. 그러다 정말 다툼이 싸움으로 번지기라도 하면 저마다 챙긴 몫을 빼앗기기도 하였습니다. 형제자매가 많다 보면 자기 입에 돌아올 것이 적으니 다투는 게 당연한 일이었지요.

그러나 다투면서 차츰차츰 양보하는 것을 배우고, 서로 많이 차지하려고 다투다 싸움으로 번져 모두 잃는 것보다 나누는 것이 더 이익이라는 것도 배우게 되지요.

나는 어릴 때 소년 잡지를 받아 보았습니다. 당시 소년 잡지에는 막 보급되기 시작한 소시지 광고가 인기 만화가의 두 쪽짜리 만화로 다달이 연재되었습니다. 내용은 단순한 것이었지요. ○○○소시지를 먹으면 튼튼하게 자란다거나, □□□소시지로 만든 핫도그를 날마다 먹으면 건강한 어린이로 자란다는 등의 과장된 내용이 대부분이었습니다.

산골에서 자라면서 먹어 본 것이라고는 기껏해야 불량 식품이라고 할, 이름도 이상한 과자나 젤리뿐인 처지에, 소시지야말로 세상에서 가장 맛있는 음식인 줄로 알았습니다. 그래서 언젠가는 돈이 생기면 꼭 사 먹겠다고 마음먹고는 돈이 생기기만 기다렸습니다. 시장을 지나갈 때면 가게에 늘어놓은 물건 가운데 맨 먼저 소시지에 눈길이 가곤 했습니다.

그러던 어느 날 돈이 좀 생겼습니다. 사실은 학용품을 살 돈을 더 많이 타내서 남긴 돈이었습니다. 평소에 눈여겨보아 둔 소시지를 사려고 장날 사람이 많이 붐비는 틈을 타서 가게로 들어갔습니다. 행여나 누가 볼까 봐 조마조마했지만 짐짓 태연한 척하고 들어가 소시지 두 개를 샀습니다.

집으로 돌아오는 길에 인적이 드문 산길에서 가방에 넣어 두었던 소시지 하나를 꺼내어 껍질을 벗겼습니다. 껍질을 벗기고 한 입 베어 문 순간 소시지 맛은 기대한 것과는 전혀 달랐습니다. 고소한 맛은 있었지만 느끼하고 비릿하면서 미끈미끈한 맛이 광고 만화에서와 같은 환상의 맛과는 전혀 딴판이었습니다. 주로 밥과 나물만 먹던 뱃속에 기름기가 잔뜩 든 소시지는 느끼하여 금방이라도 토할 것 같았습니다. 결국은 반도 못 먹고 남의 눈에 띌까 산속에 버렸습니다. 뜯지 않은 나머지 한 개는 몰래 숨기고 가서 장롱 속에 감춰 두었다가 아우한테 주었습니다.

한참 세월이 지난 뒤에도 아우는 가끔 그때 소시지를 맛있게 먹었다고 떠올리더군요. 아우는 나보다 비위가 더 좋았나 봅니다. 뭐든지 잘 먹어 나보다 키도 크고 덩치도 컸지요. 내가 먹지 못해 주었을 뿐인데, 자기를 위해 일부러 가져온 것으로 아는 아우에게 지금도 미안한 생각이 듭니다.

물 한 잔도 나눠 마시고 곡식 한 톨도 나눠 먹는다

형에게 옷이 없으면 아우는 자기가 입을 옷이라도 드린다.
아우에게 음식이 없으면 형은 자기가 먹을 것이라도 준다.
물 한 잔도 나눠 마시고
곡식 한 톨도 나눠 먹는다.
兄無衣服 弟必獻之　弟無飮食 兄必與之
형무의복 제필헌지　제무음식 형필여지
一杯之水 必分而飮　一粒之食 必分而食
일배지수 필분이음　일립지식 필분이식

옷과 음식이 흔하디흔한 요즘은 서로 나눠 주고 같이 쓰는 것이 얼마나 귀한 줄 잘 모릅니다. 내가 원하는 것을 상대방도 똑같이 원한다는 것을 알면 그것을 남에게 나눠 줄 수 있습니다. 나눠 쓰고 나눠 가질 줄 모르는 사람은 자기만 알 뿐 남도 똑같이 원한다는 것을 모르는 사람입니다. 어릴 때 학교에서 빵을 급식으로 받았습니다. 많은 아이가 집으로

　　돌아가는 길에 혼자 먹어 버렸지만, 먹지 않고 집에 가
져가 동생들과 나눠 먹는 동무들이 있었습니다. 그런 동
무들은 거의 가난하고 형제가 많은 집 아이들이었습니다.

　　고려 공민왕 때의 일이랍니다.

　　어떤 형제가 길을 가다가 동생이 금 두 덩이를 주웠습니다. 동생은 한
덩이를 형에게 주고, 자신도 한 덩이를 가지고는 계속해서 길을 갔습니
다. 공암진(지금의 서울 양천)에 이르러서 함께 배를 타고 강을 건너던
도중에 동생이 갑자기 금덩이를 강물에 던져 버렸습니다. 형이 이상하
게 생각하여 까닭을 물었습니다.

　　동생이 말했습니다. "저는 원래 형님을 매우 사랑했습니다. 그런데
금덩이를 주워서 나눠 갖고 보니 형님을 시기하는 마음이 생깁니다. 형
님이 없었더라면 저 혼자 금 두 덩이를 다 가질 수 있을 거라고 말입니
다. 그러니 이 금은 분명히 상서롭지 않은 물건입니다. 그래서 나쁜 마
음이 더는 생기지 않게 하려고 금을 강물에 버렸습니다."

형은 동생의 말을 듣고 몹시 부끄러웠습니다. 사실 형도 동생과 같은 생각을 하고 있었던 것입니다. 형은 동생의 말이 옳다고 여기고 자기도 금덩이를 강물에 던져 버렸습니다.

결국 그 금덩이는 형제 사이의 우애를 시험하는 도구였던 셈입니다. 요즘 사람들 같으면 이 형제를 어리석은 사람들이라고 비웃겠지만 이 형제는 금덩이보다 형제의 우애를 더 소중하게 여긴 것입니다.

그런데 한 가지 짚고 넘어갈 것은, 아우가 금 두 덩이를 주워서 한 덩이를 형에게 주었다는 사실입니다. 요즘 같으면 어떨까요? 아무리 형제 사이라도 쉽사리 나눠 주지 않을 것입니다. 그만큼 요즘 사회는 돈의 가치를 다른 그 어떤 가치보다 중요하게 여기는 사회가 되어 버렸습니다. 형제 사이에도 돈이 개입되면 남보다도 못하게 서로 미워하고 시기하고 다투는 경우가 더러 있습니다. 물건을 서로 나눠 가지는 것보다 사랑을 나눠 가지는 것이 더 소중한 마음입니다. 물질도 나눠 가져야 하지만 형제가 서로 아끼고 사랑하는 마음을 나눠 가져야겠습니다.

형이 나를 꾸짖더라도 성내고 대들지 않는다
아우가 잘못을 했더라도 큰소리로 꾸짖지 않는다

兄雖責我 莫敢抗怒　弟雖有過 須勿聲責
형수책아 막감항노　제수유과 수물성책

莫 없을 막
抗 막을 항
過 허물, 지날 과

　내가 어렸을 때 우리 마을에서 조금 떨어진 이웃 마을에 고아 남매가
큰집에 얹혀살았습니다. 오빠는 나보다 서너 살 위였고, 여동생은 나와
나이가 같았습니다. 두 남매는 함께 같은 학년에 다녔습니다. 여동생이
학교에 다닐 나이가 될 때까지 오빠가 몇 년 묵어서 같이 학교에 입학한
것이었지요.

　초등학교 4학년 때였습니다. 여동생이 돈을 훔쳤다고 선생님한테 혼
이 나고 있었습니다.

　그 소문을 들은 오빠가 다른 반에서 달려와서 "이 계집애야! 빨리 훔
친 돈 안 내놔!" 하고 울부짖으면서 자기 여동생의 머리를 쥐어박았습
니다.

　선생님께 혼찌검을 당하는 여동생보다 여동생을 때리는 오빠가 더 서
럽게 울부짖었습니다. 오빠가 여동생을 때린 것은 실은 여동생이 선생
님께 더 크게 혼날까 봐 지레 막음한 것이었습니다. 더 큰 일을 당하기
전에 자기 피붙이를 보호하기 위한 예방 조치였던 것입니다.

형제가 착한 일을 하면 반드시 밖으로 드러내어 칭찬한다
형제에게 실수가 있으면 감추어 주고 남에게 드러내지 않는다

兄弟有善 必譽于外　兄弟有失 隱而勿揚
형제유선 필예우외　형제유실 은이물양

사람은 누구나 남에게 인정받고자 하고, 자기 잘못이나 약점, 단점 따위를 드러내 보이지 않으려고 합니다. 한솥밥을 먹고 한지붕 아래서 같이 자란 형제도 자기 분신으로 여기기 때문에 형제가 잘한 일에는 나도 우쭐해지고 형제가 잘못한 일에는 나도 부끄럽게 생각하기 마련입니다.

공자와 그의 제자들의 말씀을 모아 놓은 책 「논어」에 이런 이야기가 나옵니다.

섭葉이라는 땅의 우두머리가 공자에게 말했습니다.

"우리 마을에 몸가짐이 정직한 사람이 있습니다. 그의 아비가 이웃집의 양을 훔쳤는데, 그 사람이 자기 아비를 관청에 고발하였답니다."

이 말을 들은 공자가 말했습니다.

"우리 마을의 정직한 사람은 그와 다르답니다. 아비는 자식을 위해 숨겨 주고, 자식은 아비를 위해 숨겨 줍니다. 정직함은 그런 가운데 있습니다."

아버지가 범죄를 저질렀을 때 자식은 아버지를 고발해야 할까요? 정직을 말 그대로 이해한다면 아버지가 죄를 지었다는 사실을 안다면 고발해야 옳겠지요. 그렇지만 부모와 자식을 서로 고발하게 만드는 사회라면 그런 사회는 사람이 살 수 있는 사회가 아닐 겁니다.

「맹자」에도 이런 이야기가 있습니다.

어떤 사람이 맹자에게 물었습니다.

"선생님, 순舜은 천자이고 고요皐陶는 법관입니다. 만일 순의 아버지가 사람을 해쳤다면 고요는 어떻게 했을까요?"

맹자가 대답했습니다.

"법을 집행했을 것이다."

"그렇다면 순 임금이 막지 않겠습니까?"

"순 임금이 어떻게 막을 수 있겠는가? 고요가 집행하는 법은 전해 내려 온 것이기 때문에 아무리 임금이라고 해도 바꿀 수 없는 것이다."

善 착할 선
于 어조사 우
隱 숨길 은
揚 날릴 양

"그렇다면 순 임금이 어떻게 했겠습니까?"

"순 임금은 온 세상을 다스리는 임금 자리를 헌신짝 버리듯이 버리고, 몰래 아버지를 업고 도망하여 바닷가에서 살면서 죽을 때까지 즐거워하며 세상을 잊어버렸을 것이다."

이것은 이야기는 사회 정의, 법, 국가의 기강 같은 것을 무시하라는 말이 아닙니다. 법이 있어야 사회가 제대로 돌아가고 나라가 온전히 지탱됩니다. 다만 그런 가치보다 부모와 자식, 형제와 같은 천륜이 더 근원이라는 말입니다. 법과 사회질서도 가족 사이의 우애와 사랑을 기반으로 이루어진다는 것입니다.

법은 어디까지나 사람과 사회를 위해 있는 것이지 사람과 사회가 법을 위해 있는 것은 아닙니다. 만일에 부모와 자식이 서로 고발하는 사회라면 그 사회는 법은 잘 지켜질지 몰라도 가족은 남아날 수 없는 사회일 것입니다.

그렇다고 해서 무조건 부모, 형제의 잘못을 숨겨 주라는 것은 아닙니다. 부모나 형제가 잘못을 저지르지 않도록 충고하고 타이르는 것이 먼저입니다. 부모, 형제의 마음을 거스르더라도 잘못에 빠지지 않도록 뼈아픈 충고를 하는 것이 사랑입니다.

　부모의 죄나 형제의 실수를 감추어 준다는 것은 나라 법률로 가족의 사랑을 판단하게 해서는 안 된다는 말입니다.

형제에게 어려운 일이 있으면 안타까워하며 구해야 한다
형이 이렇게 하면 아우도 또한 본받는다

兄弟有難 悶而思救　兄能如此 弟亦效之
형제유난 민이사구　형능여차 제역효지

　어릴 때 우리 마을에 실성한 사람이 있었습니다. 이 사람은 우리 집안의 먼 일가인데, 하루 종일 허허 웃으면서 여기저기 돌아다니는 게 일이었습니다. 발가락이 없어서 발꿈치로만 걸었는데, 그러다 보니 서 있는 자세나 걷는 모습이 뒤로 조금 젖혀져서 뒤뚱거렸습니다. 그래도 꽤나 빨랐지요. 자식도 여럿 있었는데 그 중에 둘째 아들이 나하고 동갑이었습니다.

　한번은 그 둘째 아들과 내가 무슨 일로 싸웠습니다.

　나는 어릴 때 힘이 약하고 강단이 없어서 싸움을 잘 못했습니다. 누구하고 싸워도 이겨 본 적이 없었습니다. 다만 공부를 조금 잘 한 덕분에 학교에서 인정을 받아 아이들이 알아서 건드리지 않았을 뿐입니다.

　아무튼 그 동무와 싸우게 되었는데 내가 한참 맞고 있었습니다. 그러자 언제 어디서 나타났는지 그 사람이 쫓아와서 자기 아들을 마구 나무라고 때리고 하여 나한테서 떼어 놓았습니다. 이런 것을 보면 아주 실성한 것은 아니었던 모양입니다.

그 집 아이들은 모두 착해서 아버지가 미친 사람인데도 조금도 구김살이 없었고, 아버지를 잘 섬겼습니다. 그래서 나나 다른 동무들도 그 사람은 놀려도 그 집 아이들을 놀린 기억은 없습니다.

학교에 들어가기 전에는 그 사람을 무서워하며 피해 다니고 어쩌다 마주치면 조마조마해하였습니다. 그러나 사실 위험한 사람은 아니었습니다. 늘 웃고 다니고 아이들을 을러 대도 어른이 어린아이가 귀여워서 짐짓 으르듯이 그렇게 할 뿐, 놀리고 돌을 던지는 아이에게도 그냥 웃음으로 대했습니다. 그러다 너무 성가시면 화를 내면서 달려오는 정도였지 아이들을 해코지하지는 않았습니다.

나는 어릴 때는 무서워서 피해 다녔지만, 조금 지각이 들고 나서는 가련하기도 하고 또 내가 겪은 일도 있고 해서 마주치거나 길에 누워 있는 것을 보면 달리 보았습니다. 뭔가 나에게 속에 든 생각을 털어 놓을 수도 있는 사람이라는, 막연한 생각이 들기도 했지요. 그런데 마을 아이들 가운데는 꼭 그냥 지나치지 않고 장난을 걸거나 놀리는 애들이 있었지요. 내 아우도 그런 애들 가운데 하나였습니다.

6학년 2학기 늦가을이었습니다. 어쩌다 동생과 그 사람의 아들과 다른 아이 몇이서 집으로 돌아가는 길이었습니다. 길에 앉아서 놀다가 일어서는데 그때 마침 그 사람이 우리한테 다가왔습니다. 그러자 동생이 무심결에 "아무개, 같이 가세" 하였습니다. 옆에 그 사람의 아들이 있다는 것을 미처 생각하지 못하고 그냥 늘 그 사람을 보면 놀리듯이 아무 생각 없이 놀렸던 것입니다.

그 말이 끝나기 무섭게 그 사람의 아들이 동생을 두들겨 팼습니다. 그 아들은 자기 친구가 미치광이인 자기 아버지를 놀려서 자존심이 상하고 수치심을 느껴서만이 아니라, 아이가 어른에게 말을 놓았다는 것 때문에 동생을 때린 것이었습니다. 지금 생각해도 참 대단한 친구입니다. 나 같으면 창피해서 같이 어울리지도 못했을 텐데 말입니다.

아무튼 그때 나는 아우가 맞아서 울고 있는데도 말릴 수가 없었습니다. 그때에는 형제가 맞으면 이유야 어쨌든 무조건 말리거나 편들어 같이 싸우는 게 당연한 일이었습니다. 그러나 아우가 명백히 잘못했는데 아우라고 해서 일방적으로 편들어 줄 수가 없더군요. 그리고 무엇보다도 동생을 편들어서 남과 싸울 만한 기백이나 강단이 나에게는 부족했습니다.

지금도 그때 일을 떠올리면 동생한테 형 노릇을 제대로 하지 못한 것 때문에 미안한 생각이 듭니다.

나에게 기쁘고 즐거운 일이 있으면 형제 또한 즐거워한다
나에게 근심 걱정이 있으면 형제 또한 근심한다

我有歡樂 兄弟亦樂　我有憂患 兄弟亦憂
아유환락 형제역락　아유우환 형제역우

눈먼 제로니모와 그의 형에 관한 이야기를 아세요? 오스트리아 작가가 쓴 단편 소설입니다.

이탈리아에서 오스트리아 티롤 지방으로 향하는 알프스 산악 지대의 어느 고갯마루에 낡은 여관이 하나 있었습니다. 이 길을 지나가는 나그네는 꼭 이 여관에 들러서 쉬어 가곤 했습니다.

이 여관에 제로니모라는 눈먼 남자와 카를로라는 그의 형이 묵었습니다. 나그네가 들를 때마다 제로니모는 기타를 치면서 노래를 불러서 동냥을 하였습니다.

제로니모가 눈이 멀게 된 것은 형 카를로 때문이었습니다. 이십여 년 전, 카를로가 나무를 향해 활을 쏘는데 제로니모가 그 사이로 뛰어들다가 오른쪽 눈에 화살을 맞은 것이었습니다. 1년 뒤에는 왼쪽 눈마저 멀어 버렸습니다. 동생이 장님이 되자 카를로는 죄책감에 견딜 수 없어 스스로 목숨을 끊으려고 하였습니다. 그런데 죽는다고 해도 동생에게 아무 도움이 되지 않으니 차라리 평생 동생을 돌보고 사는 게 더 낫다고,

　　목사님이 카를로를 설득하였습니다. 그로부터 카를
　　로는 자기의 모든 것을 동생을 위해 바치기로 마음먹
고 잠시도 제로니모 곁을 떠나지 않고 돌보았습니다.

　제로니모는 목소리가 좋아서 기타와 노래를 배웠습니다. 그런데 집안
에 불행이 닥쳐 아버지와 어머니가 차례로 돌아가시는 바람에 둘은 고
아가 되었고, 그때부터 카를로는 제로니모를 데리고 이탈리아 북부와
남부를 돌아다니며 고달프게 살았습니다.

　비가 내리던 어느 날이었습니다. 마차 한 대가 도착하더니 젊은 남자
한 사람이 내렸습니다. 손님이 오자 으레 하듯이 제로니모는 노래를 불
렀고 젊은 남자는 카를로가 들고 있는 모자에 1프랑을 넣었습니다.

　카를로가 잠시 안으로 들어간 사이에 젊은 남자는 무슨 생각을 했는지
노래를 부르고 있는 제로니모에게 다가가 20프랑짜리 금화를 주었다고
말했습니다. 그리고 같이 일하는 사람에게 속지 말라고 하였습니다.

　카를로가 밖으로 나오자 젊은 남자는 슬며시 자리를 피하더니 때마침

출발하는 마차를 타고 가 버렸습니다.

제로니모는 들뜬 기분에 형에게 20프랑짜리 금화를 보여 달라고 했습니다. 한번 만져 보기나 하자고요. 카를로가 영문을 몰라 하며 20프랑짜리는 없다고 하니 제로니모는 형이 자신을 속인다고 의심했습니다. 한번 의심이 들기 시작하자 지금까지 형이 얼마나 자신을 속였을지 모르겠다고 의심에 의심을 더하게 되었습니다.

그때부터 제로니모는 노래도 열심히 부르지 않고 형이 돈을 얼마나 받았는지 일일이 참견하고 씀씀이도 헤퍼졌습니다. 카를로는 마음이 아팠습니다. 지금까지 동생을 위해 살았는데, 동생이 자기를 의심을 하니 견딜 수 없었습니다.

며칠 뒤 저녁 무렵 마차 한 대가 도착했습니다. 돈이 많아 보이는 신사 두 사람이 내리더니 여관에 묵었습니다. 그날 밤 카를로는 남몰래 신사가 묵고 있는 방에 들어갔다 나왔습니다. 카를로는 한 신사의 지갑에서 금화 한 닢만 집어 들었습니다.

　이튿날 이른 아침에 카를로는 제로니모를 깨워서 얼른 끌고 나왔습니다. 한참 가다가 카를로는 제로니모의 손에 20프랑짜리 금화를 쥐어 주었습니다. 카를로는 제로니모가 돈을 함부로 쓸까 봐 숨겼던 것이라고 했습니다. 그래도 제로니모는 카를로가 또 다른 거짓말을 하고 시치미를 뗀다고 여겼습니다. 한번 의심을 하게 되니 무슨 말을 해도 의심스러웠던 것입니다.

　고개를 넘어 마을에 들어서는데 경관이 나타났습니다. 경관은 제로니모와 카를로에게 경찰서까지 가자고 했습니다. 고개 위 여관에서 묵은 신사가 20프랑짜리 금화 한 닢을 잃어버렸다고 신고했다는 것입니다.

　카를로는 경관을 따라가면서 제로니모에게 속삭였습니다. 사실은 제로니모가 무슨 말을 해도 믿지 않아 할 수 없이 돈을 훔쳤다고, 아우가 믿어 주기만 하면 어떤 벌이라도 달게 받겠다고 했습니다.

　그제야 제로니모는 어떻게 된 일인지 깨닫고 기쁠 때면 하던 버릇대로 두 손으로 카를로의 뺨을 더듬었습니다. 카를로는 이제야 참으로 동생을 찾았다는 생각이 들었습니다.

카를로는 동생의 불행이 자기 때문이라고 생각하고 동생을 위해 자신을 희생하려고 했고, 제로니모는 형 때문에 자기가 장님이 되었다고 생각하여 형의 희생을 당연한 것으로 여겼을 것입니다.

형제 사이인데도 한 사람은 죄책감을 갖고 속죄하는 마음으로 다른 한 사람을 돌보고, 또 한 사람은 자신의 불행을 다른 형제 탓으로 돌리며 당연히 받아야 할 빚을 받는다는 마음이라면, 서로가 서로를 참으로 사랑하는 형제일 수 없습니다. 제로니모는 카를로가 자신을 위해 도둑질까지 했다는 것을 알고서야 비로소 자기가 터무니없는 의심을 하였고, 의심이 결국에는 형제의 우애마저도 무너뜨린다는 것을 깨달았습니다.

형이 자기를 위해 도둑질까지 했다는 것을 안 순간에야 형의 삶을 송두리째 자기 손아귀에 갖고 있었다는 것을 안 것입니다.

카를로도 지금까지 제로니모를 동생으로 사랑하고 보살핀 것이 아니라 갚아야 할 빚, 언젠가는 벗어 던져야 할 짐으로 여겼던 것이겠지요.

동생의 의심을 풀기 위해 도둑질한 것도 어쩌면 나는 이렇게까지 하는데 너는 도대체 나를 무엇으로 여기고 있느냐며 원망하는 마음이었을 겁니다.

그러다가 경관에게 잡혀가면서 비로소 동생을 보살피는 것이 결코 죄책감이나 속죄를 하는 것이 아니라 순수한 우애에서 우러나는 것이어야 한다는 것을 깨달았을 것입니다. 믿음이 없는 우애는 금방이라도 무너질 수 있다는 것을 말입니다. 마음의 눈으로 보지 않으면 속임과 거짓으로부터 참을 분별할 수 없을 것입니다.

다른 친척도 있지만 어찌 형제만 같겠는가?
형제가 화목하면 부모님이 기뻐하신다

雖有他親 豈若兄弟　兄弟和睦 父母喜之
수유타친 기약형제　형제화목 부모희지

豈 어찌 기
睦 화목할 목
他 다를 타

내 아우는 어릴 적에 장난이 심한 개구쟁이였습니다. 그래서 자주 어른들에게서 꾸중을 듣고 매를 맞기도 하였습니다.

한번은 아우가 무슨 잘못을 저질러 어머니에게 혼이 나고 있었습니다. 어머니께서는 나더러 회초리를 해 오라고 하셨습니다. 회초리를 만들어 왔더니, 아우를 야단치는 한편으로 동생 때리라고 회초리를 가져왔다고 나를 나무라셨습니다. 나는 처음에는 영문을 몰랐습니다.

어머니는 나에게 이런 것을 바랐던 것입니다. 아우가 잘못을 하여 야단을 맞거나 하면 형이 나서서 아우를 두둔해야 한다는 것이었습니다.

그 뒤로도 아우는 가끔 어머니에게 야단을 맞았고 어머니는 나에게 회초리를 가져오라고 호령하였는데, 나는 그 의도를 알고 말리는 시늉을 했습니다. 그러다가 나이가 조금씩 들면서 어머니의 의도를 제대로 이해하게 되었습니다.

부모한테서 야단을 맞으면 여간 섭섭하지 않지요. 그럴 때 형이나 누나가 위로해 주고 달래 주면 서운한 마음이 쉬이 풀어집니다. 또 부모님에게 하지 못할 말도 형이나 누나, 아우에게는 할 수가 있습니다. 몸과 핏줄을 전해 준 아버지 어머니를 빼고는 세상에서 가장 가까운 사이가 형제자매지요.

아버지 어머니도 내 배 아파서 낳은 자식, 내 몸과 같은 자식, 아니 내 몸보다 더 소중하고 귀한 자식들이 서로 다투지 않고 화목하게 지내는 것을 보는 것이 이 세상 그 무엇보다도 큰 기쁨이고 행복이랍니다.

# 스승 이야기

스승을 부모님처럼 섬기고 반드시 공경해야 한다
선생은 가르침을 베풀고 제자는 이것을 본받는다

事師如親 必恭必敬　先生施教 弟子是則
사사여친 필공필경　선생시교 제자시칙

나를 가르쳐서 사람의 도리를 알게 하는 이가 스승입니다. 요즘은 선생님이라고 부르지만 옛날에는 스승님이라고 했습니다.

근대식 교육이 시작되면서 학교가 생기고, 학습 과정에 따라 해마다 학년이 바뀌고 교사도 바뀌어서 스승님이라는 말보다 선생님이라는 말이 더 익숙해졌습니다. 그러나 옛날 서당에서 글을 배울 때는 나이 많은 사람, 적은 사람 할 것 없이 함께 배우면서 능력에 따라 서로 다른 책을 공부하곤 했습니다. 그래서 다른 새로운 스승을 찾아가기 전에는 한 스승 밑에서 이 글도 읽고 저 글도 읽었답니다.

그렇게 한 스승 밑에서 오랫동안 배우다 보니 스승으로부터 글과 지식뿐 아니라 인격과 성품까지도 자연스레 익히고, 스승도 제자가 자라는 과정에 따라 그때그때 제자한테 알맞은 교육을 할 수가 있었습니다.

그런데 이제는 해마다 선생님이 바뀌고 교실도 바뀌지요. 둘 다 좋은 점도 있고 나쁜 점도 있겠지만 어쨌든 선생님은 나를 인격을 갖춘 한 사람으로 자랄 수 있도록 이끌어 주는 분입니다.

師 스승 사
施 베풀 시
教 가르칠 교
則 본받을 칙

　나는 지금도 나를 가르쳐 주신 선생님이 모두 기억납니다. 초등학교 1학년 때 담임선생님에서 고등학교 3학년 때 담임 선생님에 이르기까지 성함과 성품과 모습까지도 또렷이 기억난답니다.

　그런데 열두 분 선생님과 중고등학교 때 각 교과목을 가르친 선생님들이 모두가 한결같이 훌륭한 사표師表가 될 만한 분이었던 것은 아니었습니다. 실력이 그리 뛰어나지 않은 분도 계셨고, 인격에 조금 결함이 있는 분도 계셨습니다. 그러나 그런 분들이라고 해서 내 스승이 아니라고 할 수는 없습니다. 지금 생각해 보면 그런 선생님들도 무언가는 가르쳐 주셨고, 나도 배우는 게 있었습니다.

　교과 과정만 가르치는 것이 교육은 아닙니다. 교육은 교육을 받는 사람이 자기 삶의 주체로서 살아가기 위한 모든 자질을 가르치는 것입니다. 그러므로 조금 결함이 있는 분이라도 그런 결함이 있는 모습을 통해 남에게 어떻게 해야 한다든지, 자신의 위치에 걸맞게 처신하려면 어떻게 해야 한다든지 하는 교훈과 나 자신을 성찰하는 계기를 주셨던 것입니다.

「논어」에서 공자는 이렇게 말했습니다.

"세 사람이 함께 일을 해도 그 가운데 반드시 내 스승이 있다. 착한 사람을 보면 그의 착한 것을 닮고, 착하지 않은 사람을 보면 내 착하지 않은 것을 고친다."

착한 사람은 좋은 행동으로 나한테 가르침을 주고, 나쁜 사람은 그릇된 모습을 통해서 나한테 깨우침을 주는 것입니다.

내가 초등학교 6학년 때 일입니다.

초여름 어느 날 학교에서 전교생을 대상으로 독서 퀴즈라는 행사를 벌였습니다. 학생들이 독서에 흥미를 느끼고 독서를 많이 하도록 장려하는 행사였습니다. 상급 학년 각 반에서 대표 한 사람씩을 선발하여 전교생이 모인 운동장에서 대회를 진행했는데, 거기서 좋은 성적을 거두었습니다. 시상식이 끝나고 교실로 돌아가는데 다른 학년의 여선생님 한 분이 지나가시면서 "중학교에 가더라도 책 열심히 읽어라" 하고 한

마디 하셨습니다. 그 격려 한마디가 늘 내 마음속에 남아 있습니다.

중학교에서도 고등학교에서도 나의 적성과 소질을 일찍 발견하고 틔워 준 선생님이 여러 분 계십니다. 국어를 담당하셨던 선생님, 한문을 가르쳐 주셨던 선생님……, 담임 선생님이나 다른 교과목 담당 선생님들도 다 가르침을 주셨지만, 특별한 가르침을 주신 그런 분들의 한두 마디 말이 더 큰 격려와 자극으로 나를 움직였습니다. 이런 분들의 가르침이 지금의 나를 만들어 주었습니다.

일찍 일어나고 늦게 자며 책 읽기를 게을리하지 말라
부지런히 공부하라, 부모님이 기뻐하신다

---

夙興夜寐 勿懶讀書　勤勉工夫 父母悅之
숙흥야매 물라독서　근면공부 부모열지

夙 이를 숙 夜 밤 야
寐 잘 매 懶 게으를 라
讀 읽을 독 書 책, 글 서
勤 부지런할 근 勉 힘쓸 면
工 장인 공 悅 기쁠 열

　일제강점기와 육이오전쟁을 거치면서 나라 살림살이가 만신창이가
되고 많은 도시와 마을이 파괴되고 상처투성이가 되었습니다. 그런 가
난한 나라에서 헐벗고 굶주리며 하루하루를 견뎌 온 그 시대의 부모님
들은 자식 교육에 모든 것을 걸었습니다. 부모가 자식을 교육시키기 위
해 기꺼이 자기 자신을 희생한 이야기는 너무 흔해서, 새삼스럽지도 않
고 더는 감동적이랄 수 없을 지경이었습니다. 내 자식이 나 자신보다 더
잘되기를 바라는 심정은 인류가 생겨난 이래로 변함없이 내려온 부모의
마음입니다. 이런 소망이 대물림되면서 인류는 발전해 온 것입니다.

　내 어머니는 초등학교를 석 달쯤 다니다가 말았다고 합니다. 어머니
는 공부에 대한 한이 깊어서 내가 책장을 넘기는 것을 보면 무슨 책인지
모르면서도 그저 기뻐하고 대견해하셨습니다. 자식이 공부를 많이 해서
당신보다는 더 나은 삶을 살기를 바라신 것이지요. 그렇습니다. 공부는
미래에 대한 희망입니다.

처음 글자를 익힐 때에는 글자 획을 바르게 쓴다
책이 어지러이 널려 있으면 늘 반드시 정돈해야 한다

始習文字 字劃楷正　書冊狼藉 每必整頓
시습문자 자획해정　서책낭자 매필정돈

始 처음 시
習 익힐 습
文 글월 문
字 글자 자

　글씨 쓰기는 마음공부라고 합니다. 글씨를 반듯하게 쓰면 몸가짐과 마음도 반듯해진다고 합니다.

　어렸을 때 나는 글씨를 정말 못 썼습니다. 숙제가 있으면 빨리 나가 놀고 싶은 마음에 글씨를 아무렇게나 후닥닥 갈겨썼습니다. 연필만 들면 글씨가 저절로 날아갔습니다. 어머니 말을 빌자면, 마당에서 아이들이 노는 소리가 들릴라치면 손은 공책에 글씨를 쓰고 있어도 눈길은 마당으로 가 있었다고 합니다. 그러다 보니 성적은 좋았는데 글씨를 못 써서 자주 선생님한테서 꾸중을 듣곤 했습니다.

　초등학교 2학년 때 일입니다. 한번은 선생님이 내 공책을 검사하다가 한 여학생의 공책을 보여 주면서 그 여학생처럼 써 보라고 하셨습니다. 그 여학생의 공책을 보니 글씨가 반듯하고 또박또박하여 정성을 들인 것을 한눈에 알 수 있었습니다. 선생님께서는 "내일부터 이렇게 써 오너라" 하고 말씀하셨습니다.

그러자 슬며시 자존심이 고개를 쳐들었습니다. 게다가 늘 글씨를 못 쓴다고 지적 받는 것이 지겹기도 해서, 한번은 아예 작정을 하고 글씨 칸을 꽉꽉 채워서 천천히 써 갔습니다. 그랬더니 선생님이 크게 칭찬을 해 주셨습니다. 그러나 그때뿐이었습니다. 그 뒤로도 글씨는 여전히 날아다녔습니다.

글씨에는 쓴 사람의 정신과 성격이 담겨 있습니다. 옛날부터 전해 오는 글씨를 보면, 꼬장꼬장한 대학자의 반듯한 글씨, 예술적 기질을 가진 선비의 활달하고 기개 있는 글씨, 꼼꼼한 사람의 가지런한 글씨, 대범한 사람의 시원시원한 글씨 들과 같이 글씨는 그 글 쓴 사람이 어떠한 사람인지를 말해 주지요.

처음 글씨를 쓸 때 자획을 반듯하게 쓰라고 한 것은, 좀 갑갑하더라도 반듯하게 쓰는 버릇을 들여야 나중에 거침없이 자유롭게 쓸 때도 글자가 반듯하고 보기 좋게 되기 때문입니다. 처음 버릇을 잘못 들이면 나중

楷 본보기, 바를 해
正 바를 정
冊 책 책
狼 이리 낭
藉 깔개 자
整 가지런할 정
頓 조아릴 돈

에는 고치기가 어렵습니다.

우리 동양에만 있는 붓글씨는 처음 배울 때 법첩法帖이라는 유명한 사람의 글씨 모음을 보고 수백 번, 수천 번을 베껴 씁니다. 또는 선생이 미리 글자를 써 주면 그것을 보고 베끼기도 합니다. 이렇게 오래 베껴 쓰면서 붓놀림의 틀을 익히다 보면 마음대로 붓을 놀릴 만큼의 수준에 오르게 되고, 그 뒤에는 자연스럽게 자신만의 고유한 개성을 글씨에 담을 수 있게 됩니다.

기본을 오래 갈고 닦다 보면 언젠가는 창조의 단계로 비약적인 발전을 할 수 있습니다. 그래서 처음에는 자획을 반듯하게 쓰라고 하는 것입니다.

효도할 수 있고 공경할 수 있는 것은 스승의 은혜 아님이 없고
알고 실천할 수 있는 것은 모두 스승의 공이다

---

能孝能悌 莫非師恩   能知能行 總是師功
능효능제 막비사은   능지능행 총시사공

悌 공손할 제
知 알 지
總 거느릴 총
功 공로 공

「중용」에는 "하늘로부터 타고난 것을 본성이라 하고, 본성을 따르는 것을 도라 하고, 도를 닦는 것을 가르침"이라고 하였습니다. 효도, 공경 같은 것은 착한 본성이라고 합니다.

사람의 본성은 누구나 본디 착하다고 합니다. 이런 착한 본성을 따라가는 것이 누구나 따라가야 할 길입니다.

그 길을 잘 따라갈 수 있도록 이끌어 주는 제도가 교육입니다. 그러니까 교육은 학교에서 배우는 국어, 수학, 사회, 과학 같은 지식을 배우는 것만이 아니라 어떻게 하면 사람답게 사람 구실을 제대로 하면서 사는지를 배우는 것입니다. 사람답게 사람 구실을 하면서 살기 위한 배움에 물론 국어, 수학, 사회, 과학의 지식도 필요하지만 이런 지식은 우리가 받아야 할 교육의 한 부분일 따름입니다. 지식과 인격을 함께 수양하는 것이 참다운 교육입니다. 어머니 아버지가 낳고 길러 주신 공으로 우리가 태어나 이만큼 자랐지만 내가 사람답게 살아갈 수 있는 것은 모두 스승이 가르쳐 주고 이끌어 준 공입니다.

어른은 어린이를 사랑하고 어린이는 어른을 공경한다
어른 앞에서는 나아가고 물러날 때 반드시 공손히 한다

---

長者慈幼 幼者敬長　　長者之前 進退必恭
장자자유 유자경장　　장자지전 진퇴필공

어린이가 어른을 공경하고 어른이 어린이를 사랑하는 것은 서로가 지켜야 할 도리입니다. 그런데 어린이라고 무시하고 함부로 대하는 어른, 어른을 늙었다고 무시하는 젊은이를 가끔 볼 수 있지요. 수천 년 전에 누군가가 쓴 낙서에도 "요즘 젊은 것들은 버릇이 없다"고 했다니 세대 간의 갈등은 옛날과 지금이 다르지 않나 봅니다.

기성세대는 자기가 살아오던 관습과 방식을 그대로 지키려고 하고, 젊은 세대는 새로운 눈으로 세상을 보면서 이전의 사고방식을 낡은 것으로 여기게 되지요. 그러다 보니 서로 자기 생각만 주장하고 상대방의 생각을 받아들이려고 하지 않기 때문에 갈등이 생기는 것입니다.

사람은 누구나 인격이 있고 그 사람의 인격은 무엇으로도 바꿀 수 없는 소중하고 고귀한 것입니다. 마찬가지로 사람과 사람의 관계는 인격과 인격의 만남이어야 합니다.

어떤 사람을 만나든지 저 사람이 나에게 무엇을 해 줄 것이다, 그 사람을 통해 나는 어떤 것을 얻어야지 하는 얄팍한 목적을 가지고 사람을 만나고 대해서는 안 됩니다.

어른과 어린이 사이도 인격과 인격의 만남이 바탕이 되어야 합니다. 한쪽에서 세상을 모르는, 철없는 어린 것이라며 깔보거나, 또 다른 한쪽에서 세상이 바뀐 줄도 모르고 케케묵은 생각만 하는 늙은이로 여긴다면 세대 간의 갈등을 극복할 수 없습니다.

사람들은 저마다 생각이 다르기 때문에 갈등이 없을 수는 없습니다. 또 갈등이 있어야 사회가 발전하는 것입니다. 문제는 갈등이 곪고 곪아 터지도록 해서는 안 된다는 것입니다. 갈등은 서로 대화를 통해 합리적으로 해결해 나가야 합니다. 그런 방식을 전통 사회에서는 "어른은 어린이를 사랑하고 어린이는 어른을 공경한다"는 가르침으로 승화한 것입니다.

그런데 인격으로 서로 대우하는 것과 사랑하고 공경하는 것은 좀 다릅니다. 인격으로 대우한다는 것에는 서로 동등한 처지에서 대한다는 생각이 들어 있고, 사랑하고 공경한다는 것에는 나이나 신분 등의 상하

관계를 구분해 윗사람이 아랫사람을 사랑하고 아랫사람이 윗사람을 공경하는 관계라는 뜻이 들어 있습니다. 사람을 인격으로 대한다는 생각은, 내가 바로 내 삶의 주인이며 나는 내 나름의 고유한 존재라는 생각에서 나온 것입니다. 사랑과 공경으로 대한다는 생각은, 나는 반드시 누구와 어떤 관계 속에서 살아가고 있다는 생각에서 나온 것입니다.

내가 내 삶의 주인이듯 상대방은 그 사람 삶의 주인입니다. 따라서 내 인격이 소중한 만큼 상대방의 인격도 소중한 것입니다. 나는 고유한 인격을 가진, 세상에 둘도 없는 존재이면서 동시에 반드시 누군가와 어떤 관계를 맺고 살아가고 있습니다.

관계 속에서 살자면 그 관계를 유지하기 위한 장치가 필요합니다. 그것이 바로 윤리이고 도덕입니다.

사람은 저마다 고유한 인격을 갖고 있기 때문에 그 누구도 나이나 신분 같은 후천적인 요소에 따라 차별을 받아서는 안 된다는 생각은 민주 사회의 바탕입니다.

　그렇다고 해서 윗사람이 아랫사람을 사랑하고 아랫사람이 윗사람을 공경하는 윤리, 곧, 상하 관계에서 형성된 윤리가 반드시 낡은 것은 아닙니다. 남의 인격을 그 자체로 존중해야 하는 것은 기본이지만 한편으로 사랑과 공경도 소중한 윤리인 것입니다. 다만 아랫사람이 모든 일, 모든 상황에서 윗사람에게 예속되어 있고 윗사람의 말이나 생각을 무조건 따라야 한다는 것은 아니며, 결코 그래서는 안 됩니다.

　남을 인격으로 대하는 것이 그 사람을 그 사람 자신의 삶의 주인으로 인정하는 것이라면, 사랑과 공경 또한 내 처지에서 상대방을 한 인격으로 대하는 것입니다. 어른을 공경하고 아랫사람을 사랑으로 돌보아 주는 것은 전통적인 윤리 의식이 오래 뿌리내린 사회에서 인격을 존중하는 또 다른 방식인 것입니다.

　자신을 낮추어 겸손한 것과 자신을 비하하는 것은 다릅니다. 겸손은 남을 존중하는 방식 가운데 하나입니다. 내가 내 삶의 주인으로서 당당하게 행동하면서 상대방을 고유한 인격으로서 존중할 때 올바른 겸손이 됩니다. 나아가 어른에게 공손한 것도 비굴한 것과는 다릅니다. 비굴함은 내가 나의 주체가 되지 못하고 나를 무조건 남에게 예속시키는 것입니다.

그와 달리 공손함은 내가 나의 처지를 잘 알고서 나보다 나이가 많거나 신분이 높은 사람을 배려하는 것입니다. 다만 공손과 공경 같은 덕목을 너무 강조하다 보면 자칫 아랫사람에게만 도덕을 요구하기가 쉽습니다. 도덕은 윗사람 아랫사람 할 것 없이 모두가 서로 지켜야 하는 것입니다.

나이가 갑절로 많으면 아버지처럼 섬긴다
나이가 열 살이 더 많으면 형처럼 섬긴다

年長以倍 父以事之    十年以長 兄以事之
연장이배 부이사지    십년이장 형이사지


가정과 학교의 울타리를 벗어나 사회에 나가면 자신이 주체가 되어 사람들과 사귀고 어울려 살아가야 합니다. 사회에는 나와 같은 또래의 사람도 있고 나보다 나이 많은 사람도 있고 나보다 나이 적은 사람도 있습니다. 이렇게 나이가 다른 사람들이 어울려 살아가려면 필요한 예의가 있습니다.

유교에서는 어른과 어린이, 선배와 후배 사이에 지켜야 할 윤리를 장유유서長幼有序라고 하였습니다.

물론 장유유서의 윤리가 반드시 유교만의 윤리라고 할 수는 없습니다. 어느 사회라도 장유유서, 선후배 사이의 윤리는 있습니다만 「맹자」에서 구체적으로 말하고 있으니까 유교에서 이 윤리를 좀 더 체계화했다고 볼 수 있습니다.

아무튼 조금이라도 먼저 태어난 사람은 뒤에 태어난 사람보다 경험이 많기 때문에 여러 모로 뒤에 태어난 사람의 모범이 될 수 있습니다. 그래서 뒤에 태어난 사람은 먼저 태어난 사람의 경험과 슬기를 따르고 이

어받음으로써 시행착오를 줄이며 그 집단이나 사회를 발전시켜 갈 수 있습니다.

과거에 인류의 문화는 다 이런 방식으로 이어지고 발전해 왔지요. 노인이 공경을 받고 어른이 존경을 받았던 것은 이와 같은 인류의 오랜 경험에서 나온 것입니다. 그뿐만 아니라 노인은 우리를 낳고 길러 주셨으며 삶의 터전을 일구고 가꾸어서 우리에게 물려준 분들이니 공경해야 마땅합니다.

그런데 언제부터인가 우리 사회에서 노인을 공경하고 어른을 존경하는 좋은 의미의 장유유서가 변질하여 선후배 사이나 어른과 어린이 사이의 억압적인 상하 질서로 바뀌었습니다. 근대 사회에 들어와서도 우리 나라는 오랫동안 군국주의의 일제강점기, 해방 뒤 육이오전쟁과 군사정권의 지배 등을 거치면서 상명하복上命下服의 군사 문화와 유교의 장유유서의 서열 문화가 결합하여 학교에서마저 선후배의 서열이 깊게 뿌리내려 있습니다. 그래서 초등학교, 중등학교에서조차 한 학년만 달라도 서로 동무나 친구라고 하지 않고 선배 또는 후배라고 합니다.

친구를 뜻하는 한자말에 붕우朋友라는 말이 있습니다. 같은 스승 밑에서 공부한 사이를 '붕朋'이라 하고, 서로 뜻이 맞는 사이를 '우友'라고 합니다. 그러니까 이 말대로라면 붕우, 곧 친구란 같이 공부한 사이거나 같은 뜻을 가진 사이를 함께 일컫는 말입니다.

옛날 서당에서 공부할 때는 같은 스승 밑에서 같이 학문을 닦고 배우던 사람들은 나이가 조금 차이 나도 모두 '벗'으로 통했다고 합니다. 사회에서도 적어도 열 살쯤은 더 많아야 형으로 대했고 그보다 적으면 다 벗으로 통했습니다.

물론 때로 상대방을 존중할 때는 나이가 많든 적든 '형'이라는 호칭을 쓰기도 했습니다. '노형'이라는 말은 나이 많은 사람에게만 쓰는 것이 아니라 상대방을 높이고 존중할 때 아랫사람에게도 쓰던 말이었습니다.

'오성과 한음'이라고 들어봤지요? 조선 시대의 학자이며 정치인이었던 이항복과 이덕형이랍니다. 이항복, 이덕형이라는 이름보다도 오성과 한음이라는 호가 더 알려져 있지요.

두 사람의 개구쟁이 짓과 갖가지 일화는 어린이들이 즐겨 읽는 동화나 소설로도 꾸며져서 누구나 재미있게 읽고 있지요. 그런데 사실 이 두 사람은 나이가 다섯 살이나 차이가 납니다. 이항복이 1556년생이고, 이덕형이 1561년생입니다. 이항복이 이덕형보다 다섯 살 위입니다. 그런데도 이 둘은 친구 사이로 통했습니다.

요즘 같으면 5년 선배를 친구로 부르고 대한다는 것은 어림도 없지요. 왜 이렇게 되었을까요?

옛날 서당에서는 나이가 많든 적든 같은 스승 밑에서 함께 배우며 자기 능력에 따라 글을 읽으며 한 단계가 끝나면 다음 단계로 올라갔기 때문에, 지금처럼 나이에 따라 선배, 후배가 엄격하게 나뉘는 것이 아니었지요. 그러나 근대식 학교 교육을 받게 되면서 나이에 따라 학년이 정해지고, 한 학년이 끝나면 거의 예외 없이 다음 학년으로 올라가기 때문에 선배, 후배가 분명해졌습니다. 게다가 전통적인 장유유서의 윤리에 군대식 서열 문화가 뒤섞여 조선 시대보다 더 엄격한 상하의 서열 문화가 생겨난 것입니다.

옛날에는 '상팔하팔上八下八'이라는 말이 있었습니다. 위로 여덟 살, 아래로 여덟 살까지는 친구로 지낼 수 있다는 말입니다. 그렇다 보니 어떤 때는 아버지 친구가 내 친구가 될 수도 있었습니다. 옛날에는 보통 열대여섯 살이면 결혼을 하였기 때문에 열여섯에 아이를 낳은 사람이 여덟 살 아래 사람을 친구로 사귀면 자칫 내 친구가 아들 친구일 수 있는 것이지요. 나에게 여덟 살 아래인 사람은 내 아들에게는 여덟 살 위인 사람이니까 말입니다.

이처럼 예전에는 친구 사이의 나이 관계가 상당히 넓고 느슨하였습니다. 그런데 이제는 한 살이라도 많거나 적으면 친구라고 하지 않습니다. 그만큼 나이와 서열이 단단히 뿌리내린 것입니다.

　사회에서 만난 사람 가운데 나이가 갑절쯤 되는 사람은 그 사람의 경험이나 판단을 신뢰하여 어려운 일이 있거나 문제가 생기면 아버지처럼 의지할 수 있겠지요.

　사실 혼자 해결하기 힘든 일을 당하거나 혼자 판단하기 어려운 문제에 부딪치면 힘을 보태 주고 조언해 주는 후견인이 필요합니다. 더욱이 부모 가운데 한 분을 일찍 여읜 경우라면, 아버지나 어머니처럼 믿고 의지할 수 있는 사람이 있다면 좋겠지요.

　나이가 갑절이나 더 많은 사람은 아버지처럼 섬기고 열 살 많은 사람은 형처럼 섬기라는 말은, 사람이 태어나 독립하여 살아가는 데 꼭 필요한 인간관계를 맺어야 한다는 가르침이라고 하겠습니다.

내가 남의 어버이를 공경하면 남도 우리 어버이를 공경하고
내가 남의 형을 공경하면 남도 우리 형을 공경한다

---

我敬人親 人敬我親　我敬人兄 人敬我兄
아경인친 인경아친　아경인형 인경아형


중국 춘추전국 시대에 묵자墨子라는 사상가가 있었습니다.

묵자는 농민이나 노동자들, 곧 생산을 담당하는 사람들이 서로 어울려 형제처럼 지내고 네 것 내 것 없이 이익을 나누어 갖는 사회가 이상적인 사회라고 생각했습니다. 또 내 부모와 남의 부모, 내 형과 남의 형을 차별 없이 사랑해야 한다고 가르쳤습니다. 그의 이런 생각을 '겸애兼愛'라고 합니다.

유교에서는 모든 사람을 사랑해야 하지만 사랑을 표현하는 방식에서는 핏줄이 가까운 사람부터 먼 사람까지 차례로 차등을 두어 표현해야 한다고 여겼습니다.

그런데 묵자는 이러한 유교의 방식을, 나와 남을 차별하는 생각에서 나온 것이며, 이런 차별이 커져 집안과 집안, 나라와 나라가 이익을 차지하려고 싸우는 데까지 이르렀다고 보았습니다. 그래서 묵자는 멀고 가까운 것을 따지지 말고 누구나 골고루 사랑해야 한다고 가르친 것입니다. 많은 사람들이 이런 생각을 갖고 실천함으로써 이상 사회를 만들

수 있다고 본 것입니다.

모든 사람이 자기 부모, 자기 아이만 사랑한다면 이 사회가 어떻게 될까요. 내 가족을 생각하듯이 이웃을 배려하고 사랑하며 함께 어울려 살아가는 사회가 건강한 사회입니다.

보답을 바라지 않고 남에게 베풀고, 보상을 바라지 않고 착한 일을 하는 것이 참으로 착한 것입니다. 그러나 이런 경지가 쉽지는 않습니다. 현실을 살아가는 사람은 거의 모두 어떤 형태로든 자기가 한 일에 대해 보상 받고 싶어하고 인정 받으려고 하니까요. 또 적절한 보상을 받아야만 일을 더 열심히, 더 잘 하게 됩니다.

그러나 일을 하기도 전에 먼저 보상을 바라거나 기대하고서 한다면 그것은 좀 바람직하지 못한 것 같습니다.

남이 우리 부모와 형을 공경하기를 바라고서 남의 부모와 형을 공경할 것이 아니라, 내가 먼저 남의 부모와 형을 공경하도록 해야 합니다.

그러면 저절로 남도 우리 부모와 형을 공경하는 것입니다. 주기만 하는
사랑은 없지요.

　사랑을 베풀면 거기에 따른 적절한 반응이 있기 마련입니다.

# 친구 이야기

손님이 찾아오면 반드시 정성껏 대접한다
손님이 찾아오지 않으면 집안이 쓸쓸하다

賓客來訪 接待必誠　賓客不來 門戶寂寞
빈객내방 접대필성　빈객불래 문호적막

　　교통과 통신과 숙박 시설이 발달하지 않은 옛날에는 잔치를 한번 치르는 것이 여간 큰 일이 아니었습니다. 그래서 혼례, 회갑연, 상례 같은 집안의 큰 행사를 아예 '큰일'이라고 했습니다.

　　어떤 집에 잔치가 있으면 며칠 전부터 멀고 가까운 데서 친인척과 손님들이 찾아옵니다. 그러면 숙박 시설이 따로 없고 교통이 불편하여 쉽게 오갈 수가 없기 때문에 손님을 그 마을의 여러 이웃집에 나누어 묵게 합니다. 그리고 식사 때마다 여러 이웃집에 나누어 묵은 손님들에게 음식상을 나르는 게 일이었습니다. 가까운 친척은 주인집에, 일반 손님들은 이웃집에서 묵게 하고 식사는 주인집에서 대접합니다. 세 끼 식사뿐 아니라 간식과 밤참까지도 일일이 챙겨야 했습니다.

　　그러니 마을의 한 집에서 '큰일'을 치르게 되면 동네잔치가 되는 것입니다. 동네 사람 모두 서로 힘을 합하고 손길을 도와야 일을 무사히 치를 수 있고, 또 그래야만 어느 집안, 어느 동네 사람들이 잔치를 잘 하더라, 손님을 잘 치르더라, 범절을 잘 알더라 하고 좋은 평판을 받는 것

客 손 객
來 올 래
訪 찾을 방
待 기다릴 대
寂 고요할 적
寞 쓸쓸할 막

입니다. 또 그런 좋은 평판을 받아야만 그 마을 사람들이 다른 곳에 가서도 인정을 받았습니다.

손님을 잘 대접하는 것은, 그래야만 자기가 남의 집에 손님으로 가도 대접을 잘 받을 수 있다는 생각에서 나온 것이기도 합니다.

옛날에는 낯선 사람에 대해서는 본능적으로 두려움을 가졌다고 합니다. 한 지역에 고립되어 다른 지역과 교류 없이 오래 살다 보면 그 지역만의 독특한 유전형질이 생긴다고 합니다. 그래서 먼 곳에서 낯선 사람이 몸에 지니고 온 병원균에는 유난히 약했다고 합니다. 낯선 사람이 들어와 병균을 옮기면 정작 병균을 품고 온 그 낯선 사람은 멀쩡한데 그 지역 사람들은 큰 고통을 겪었습니다. 이런 오랜 체험에서 낯선 사람을 두려워한 것입니다. 그래서 낯선 사람이 오면 그가 병균을 옮기지 않게 하려고 잘 대접한 것이라고 합니다.

낯선 사람은 다른 지역의 정보, 도시의 정보를 전해 주는 역할도 했고, 색다른 이야기거리를 전해 주기도 했습니다. 그래서 한 마을에 나그네가 들어오면 이집 저집 돌아가면서 묵으며 다른 지역 이야기를 전하기도 했습니다.

옛날에는 대부분 사람들이 농사를 지으며 겨우겨우 먹고살았지만 아무리 가난해도 손님 대접에는 정성을 다했습니다. 아버지 제사에 쓰려고 간수하던 쌀로 밥을 지어 대접했다는 이야기까지 있습니다.

암행어사 박문수가 암행을 나갔다가 전라도 무주 어느 산속에서 길을 잃었습니다. 이리저리 헤매다가 간신히 초가집을 발견하고 하룻밤 묵기를 청하였습니다.

한 총각이 나와 박문수를 방으로 모신 뒤 안방으로 건너가 노모와 목소리를 낮추어 무언가를 상의했습니다. 총각이 잠시 뒤 방으로 들어와 천장에 달아 둔 봉지를 떼어 가더니 밥을 지어 왔습니다.

배가 무척 고팠던 박문수는 허겁지겁 밥을 먹어 치웠습니다. 허기를 면하고 나서 박문수는 총각에게 산속에서 갑자기 쌀이 어디서 났는지

물었습니다. 총각은 잠시 쭈뼛거리다가, 자기는 나무를 해 팔아서 먹고사는데 며칠 뒤가 아버지 제사라서 쌀을 마련해 두었지만, 갑자기 손님이 와서 따로 쌀도 없고 해서 제사에 쓸 쌀로 밥을 지었다고 차례차례 털어놓았습니다. 제사에 쓸 쌀은 또 나무를 해서 사 오면 된다고 하였습니다.

다음 날 아침에 밖이 소란하여 일어났더니 관가의 사령들이 와서 총각을 끌고 가려고 하였습니다. 총각 집안에서 이 고을 이방의 딸에게 혼인을 중매하는 할멈을 보낸 일이 있었는데, 가난한 주제에 자기 딸을 넘보는 것이 못마땅해 이방이 걸핏하면 얼토당토않은 구실을 붙여 끌고 가서 괴롭힌다는 것이었습니다.

박문수는 남원 관아에 가서 자신의 신분을 밝히고 이방을 불러 엄포를 놓았습니다. 박문수는 박씨 성을 가진 그 총각을 자기 먼 친척이라고 말한 뒤에, 박 총각을 사위로 삼고 땅마지기도 떼어 주라고 하였습니다.

온갖 부정한 방법으로 재물을 글겅이질한 이방은 그동안 지은 자기

죄가 무서워 암행어사 박문수의 말을 고분고분 들을 수밖에 없었습니다. 그 뒤로 박총각은 이방 딸과 혼인하여 홀어머니를 모시고 편안히 잘 살았다고 합니다.

방랑 시인 김삿갓이라는 이름을 들어 보았지요?

평생을 방랑하며 굶기를 밥 먹듯이 하던 김삿갓이 어느 날 깊은 산중에 들어가서 가난하게 사는 사람의 집에서 한 끼를 얻어먹었나 봅니다.

주인이 개다리소반에 멀건 죽 한 그릇만 덩그마니 올려서 들고 들어와 겸연쩍어하면서 김삿갓 앞에 내놓았습니다. 정말 아무것도 없는 살림이었지만 찾아온 손님을 내쫓을 수는 없고 해서 쌀독 바닥을 닥닥 긁어 몇 알 남은 쌀로 죽을 쑤었나 봅니다. 김삿갓은 주인의 마음이 갸륵하여 맹물이나 다름없는 죽을 숟가락으로 떠 넣으면서 이런 시를 읊었습니다.

네 다리 소반 위에 놓인 죽 한 그릇
하늘에 뜬구름이 함께 떠도네.
주인아, 무안해하지 마오.
본래 물에 비친 청산을 사랑한다오.


옛날에는 찾아오는 손님을 그냥 보내면 안 되는 것으로 알았습니다. 하다못해 물이라도 한 그릇 대접해 보내야 했습니다. 이런 마음 때문에 그렇게 먹을 것이 없고 숙박 시설이 없던 옛날에도 나그네가 길을 떠날 수 있었습니다.

「성서」에도 나그네를 잘 대접하라는 말이 나옵니다. 「탈무드」에서는 '나그네는 하느님의 친구'라고 했습니다.

주인이 정성껏 마음에서 우러난 대접을 하면 손님이 자주 찾아옵니다. 그러나 홀대하는 빛이 조금이라도 보이면 곧 손님의 발길이 끊어집니다.

우리가 동무네 집에 놀러 가도 그렇습니다. 찬물 한 그릇이라도 마음으로 내주면 달고 시원하지만 아무리 맛있는 통닭이나 햄버거라도 눈치를 주면서 내놓으면 먹기 싫어지는 것입니다. 그리고 그런 집에는 아무리 맛있는 먹을거리가 많아도, 재미있는 장난감이 많아도 가기 싫어지는 것입니다.

예전에 할아버지가 계시는 사랑방에는 늘 손님이 들끓었습니다.

당시에는 경로당이 따로 없었기 때문에 우리 집 사랑방이 경로당인 셈이었습니다. 할아버지 친구 분이나 마을에 손님으로 온 노인들도 식사는 주인집에서 해결하고 잠은 우리 집에서 묵어 가셨습니다.

동네 아주머니들이 왜 그렇게 노인들을 거두고 고생을 사서 하느냐고 하면 어머니는 이렇게 말씀하셨습니다.

"저 노인들은 아버님 계신다고 찾아오시는 것이지요. 아버님이 안 계시면 어디 찾아오시겠어요?"

할아버지는 산 너머에 사시는 집안 할아버지 한 분과는 특히 친하게 지내셨습니다. 번번이 우리 집에 오실 때마다 어머니는 할아버지의 고무신과 함께 그 할아버지의 고무신까지 깨끗이 씻어서 말려 두었다가 나가실 때 내드렸습니다.

그 뒤로 우리가 경기도로 이사를 왔는데 어느 날 아침 어머니가 "아무래도 아무개 할배가 돌아가신 모양이다. 꿈에 아무개 할배가 나를 찾아왔는데 눈에 검은 동자가 없이 허연데 한참 나를 보더니 가시더라" 하고 꿈 이야기를 하셨습니다.

그날 낮에 그 할아버지의 부고가 왔습니다.

올바른 사람을 벗으로 사귀면 나도 저절로 바르게 된다

___

사람이 세상에 살아가면서 벗이 없을 수 없다.
학문으로써 벗을 사귀고 벗의 도움을 받아 어질게 된다.
올바른 사람을 벗으로 사귀면 나도 저절로 바르게 된다.
간사한 사람을 따라 놀면 나도 저절로 간사해진다.
人之在世 不可無友　以文會友 以友輔仁
인지재세 불가무우　이문회우 이우보인
友其正人 我亦自正　從遊邪人 我亦自邪
우기정인 아역자정　종유사인 아역자사


　사람을 알려거든 그가 사귀는 사람을 보라는 말이 있습니다. 친구는
두 몸에 깃든 한 영혼이라는 말도 있습니다. 사람은 벗을 통해 자기를
돌아보고 반성하고 앞으로 나아갈 수 있으며, 외롭고 힘들고 지쳤을 때
위로를 받기도 합니다.
　특히 사춘기 때에는 부모 형제보다도 마음 맞는 벗이 더 가까울 수도

在 있을 재
世 세상, 인간 세
會 모일 회
輔 도울 보
仁 어질 인
從 좇을 종
邪 간사할 사

있습니다. 사람이 한 세상을 살아가면서 여러 사람을 만나고 헤어지지만 어렸을 때부터 오래도록 사귄 친구는 평생의 소중한 재산입니다.

벗을 사귈 때 특히 학문으로 사귀라고 한 것은, 본디 학문은 자기 인격을 수양하기 위한 것입니다. 그러니까 벗을 사귀는 가장 큰 목적은 인격을 수양하기 위한 것이었습니다. 좋은 벗을 사귀어 함께 교제하고 서로 학문을 닦으면 좋은 뜻에서 경쟁이 되기도 하고 모자란 것은 벗의 도움을 받아 인격을 완성해 갈 수 있는 것입니다.

친구는 평생을 두고 영향을 주고받는 관계입니다. 그러므로 좋은 사람을 사귀고, 올바른 사람을 사귀면 나도 그의 영향을 받아 올바르게 됩니다. 또한 내가 먼저 올바른 마음으로 남을 사귀고 대해야 올바른 사람이 내 친구가 될 수 있습니다.

이웃을 가려서 살아야 하고 덕이 있는 사람과 사귀어야 한다

---

쑥이 삼 가운데에서 자라면 잡아 주지 않아도 저절로 곧게 자라고
흰모래가 진흙에 있으면 물들이지 않아도 저절로 더러워진다.
먹을 가까이하면 검은 물이 들고
주사를 가까이하면 붉은 물이 드니
이웃을 가려서 살아야 하고
덕이 있는 사람과 사귀어야 한다.
가려서 사귀면 보탬이 되어 이롭고
가리지 않고 사귀면 도리어 해롭다.

蓬生麻中 不扶自直　白沙在泥 不染自汚
봉생마중 불부자직　백사재니 불염자오
近墨者黑 近朱者赤　居必擇隣 就必有德
근묵자흑 근주자적　거필택린 취필유덕
擇而交之 有所補益　不擇而交 反有害矣
택이교지 유소보익　불택이교 반유해의

蓬 쑥 봉
麻 삼 마
扶 도울, 부축할 부
白 흰 백
沙 모래 사
泥 진흙 니
染 물들일 염

　쑥은 여러 종류가 있습니다. 발을 짜는 데 쓰는 것이나 뜸뜰 때 쓰는
약쑥은 상당히 곧게 자라는 편이지만, 보통 쑥은 뿌리줄기가 옆으로 기
면서 자라고 이리저리 구불구불 줄기와 가지를 많이 뻗지요. 그와 달리
삼은 어느 정도까지는 곧게 쭉쭉 뻗습니다. 큰 것은 키가 5미터까지도
자란답니다. 보통은 섬유를 얻으려고 심기 때문에 씨를 촘촘히 뿌려 가
지가 많이 벌지 않게 해서 키가 2, 3미터씩 크게 자라게 합니다. 한편 씨
에서 기름을 얻으려고 하거나 약품을 얻기 위해서 재배할 때는 띄엄띄
엄 심어서 가지가 많이 발달하는 대신 키가 작습니다.
　빽빽하게 심어서 곧게 자라는 삼대 사이에 있으면 구불구불하게 자라
는 쑥도 그에 따라 절로 곧게 되는 것처럼, 사람도 천성이 어떠하더라도
주위 환경에 따라 얼마든지 변할 수 있습니다. 그러므로 좋은 환경에 물
드는 것이 무엇보다도 중요한 일입니다.
　먹을 갈아 붓글씨를 쓰다 보면 아무리 조심해도 어느 결에 옷자락이
나 손, 또는 주위 기물에 검은 먹이 묻게 마련입니다. 주사朱砂는 붉은

색 광물질로서 수은 성분이 많이 들어 있습니다. 옛날에는 주사로 붉은색 그림물감이나 입술 연지를 만드는 데 쓰기도 하고, 가정에서 상비약으로 갖고 있다가 위급할 때 쓰는 우황청심원을 만드는 데 넣기도 했습니다. 검은 먹이나 붉은 주사를 가까이 하면 아무리 조심해도 검은색이나 붉은색 물이 듭니다. 자기가 아무리 단속을 하고 조심을 해도 나쁜 환경에 오랫동안 놓여 있으면 어느 결엔가 영향을 받기가 쉽습니다.

독일 작가 헤르만 헤세가 쓴 「데미안」에 이런 이야기가 나옵니다.

라틴어 학교에 다니는 상류계급의 아이 에밀 싱클레어는 일반 초등학교에 다니는 불량한 상급생 프란츠 크로머라는 아이의 또래에 끼기 위해 거짓말로 무용담을 꾸며 댔습니다.

프란츠 크로머와 두 동무가 자기들이 저지른 나쁜 행실을 위대한 일이라도 되는 것처럼 이야기를 떠벌리자, 에밀 싱클레어는 프란츠 크로머의 힘이 두려운 한편 그들에게서 버림받을까 봐, 방앗간 근처 과수원

擇 가릴 택
隣 이웃 린
就 이룰, 나아갈 취
所 바 소
補 도울 보
益 더할, 유익할 익
害 해칠 해

에서 동무 하나와 함께 사과를 훔쳤다는 이야기를 꾸며 댑니다. 에밀 싱클레어는 이 거짓 무용담 때문에 프란츠 크로머에게 약점을 잡혀 돈을 뜯기고 협박을 받게 됩니다. 그러다 얼마 뒤 전학 온 막스 데미안의 도움을 받아 프란츠 크로머의 악랄한 손길에서 벗어납니다.

사춘기 때에는 또래 의식이 강합니다. 또 민주주의 교육을 충분히 받지 못하고 주체성이 약한 사람들 사이에는 패거리 의식이 있습니다. 그런데 패거리에 끼다 보면 자기 의사와 관계없이 그 패거리의 흐름에 휩싸이는 수가 있습니다. 이렇게 되면 이성을 갖고 주체적으로 판단하여 행동하기가 어렵습니다.

그러므로 처음부터 올바르고 건전한 동아리를 선택하여 관계를 맺는 것이 중요합니다. 또한 다수의 의견이라고 해서 무조건 따를 것이 아니라 그것이 옳은지 그른지를 합리적으로 따져 보아야 합니다. 이렇게 건전하고 올바른 관계를 맺고 교제하면 내 인격이 성숙하는 데에 큰 도움이 됩니다.

벗이 잘못을 저지르면 충고하고 바른 길로 이끌어 준다
사람에게 꾸짖어 주는 벗이 없으면 옳지 못한 데 빠지기 쉽다

朋友有過 忠告善導　人無責友 易陷不義
붕우유과 충고선도　인무책우 이함불의

朋 벗 붕
導 이끌 도
陷 빠질 함

　동서고금에 아름다운 우정을 전하는 이야기가 참 많습니다. 부모 형제, 남편이나 처자식 다음으로 가장 가까운 사람이 친구입니다.

　무엇보다도 좋은 친구는 내가 잘못을 저지를 때 진심으로 안타까워하며 충고하고 깨우쳐 줍니다. 사람이 살다 보면 잘못을 할 수도 있습니다. 그럴 때 잘못을 깨우쳐 주는 친구가 있다면 내 행실이 바르게 되어 내가 더 나은 사람이 될 수 있습니다.

　잘못을 해도 지적하지 않고 오히려 함께 잘못을 저지른다면 진정한 친구라고 할 수 없습니다. 그리고 나 스스로도 친구의 충고를 귀 기울여 들을 줄 아는 아량이 필요합니다.

내 앞에서 내 장점을 칭찬하는 사람은 아첨하는 사람이다
내 앞에서 내 잘못을 꾸짖는 사람은 강직한 사람이다

面讚我善 諂諛之人　面責我過 剛直之人
면찬아선 첨유지인　면책아과 강직지인

讚 기릴 찬
諂 아첨할 첨
諛 아첨할 유
剛 굳셀 강

　사람은 누구나 칭찬 받는 것을 좋아하고 비판 받는 것을 싫어합니다. 그러나 내가 특별히 잘한 일도 없는데 나를 추켜세우고 내가 조금 잘한 일을 가지고 칭찬을 크게 늘어놓는 사람은 무언가 나에게 바라는 것이 있는 사람입니다. 정말 칭찬할 만한 일이 있다면 당사자가 없는 데서 해야 합니다.

　칭찬은 당사자가 없는 데서 하고, 비판은 당사자에게 바로 해야 합니다. 그러지 않고 당사자에게 칭찬하면 그것은 아첨이고, 당사자가 없는 데서 비판하면 그것은 그 사람을 헐뜯는 것밖에 되지 않습니다.

　그러나 어떤 사람이 잘못을 했다면 잘못한 사람에게 직접 그 잘못을 말해 주어서 남에게 알려지지 않도록 배려해야 합니다. 사심 없이 칭찬하고 비판할 수 있다면 그런 사람이야말로 참으로 강직한 사람입니다.

말을 해도 미덥지 못하면 정직한 벗이 아니다
착한 일을 보면 따라하고 잘못을 알면 반드시 고쳐야 한다

---

言而不信 非直之友　　見善從之 知過必改
언이불신 비직지우　　견선종지 지과필개

「노자」에 "진실한 말은 아름답지 못하고 아름다운 말은 진실하지 않다"는 말이 있습니다. 역설적이지만 깊은 뜻이 담긴 말입니다.

말을 화려하게 꾸밀수록 진실에서 멀어지기 쉽습니다. 감언이설甘言利說이라는 말이 있지요? 달콤한 말과 이익이 되는 말로 꾄다는 말입니다. 듣기 좋은 말, 화려한 말은 그만큼 미덥지 못합니다.

착한 일을 하는 사람을 보면서 자기도 본받아야지 하고 생각한다면 누구나 착한 사람이 될 수 있습니다.

사람이 살아가면서 어떻게 한 가지 잘못도 하지 않을 수 있겠습니까? 누구나 잘못을 저지를 수 있으니 그 잘못에 대해 바로 알고 고치는 것이 중요합니다.

어릴 때는 감수성이 예민하고 뭐든지 잘 받아들이기 때문에 어릴 때부터 잘못을 인정하고 고치는 태도를 배워야 합니다. 나이가 들면 머리가 굳고 습관에 젖어서 잘못을 스스로 알면서도 쉽게 고치지 못하고 심

지어 자기의 잘못을 합리화하기도 합니다. 이런 태도는 잘못을 저지르는 것보다 나쁩니다.

　잘못을 저지르지 않는 것도 중요하지만 자신의 잘못을 알고 고치는 것이 중요합니다.

남이 꾸짖는 것을 싫어하는 사람은 행실에 발전이 없다
남이 칭찬하는 것을 좋아하는 사람은 모든 일이 다 거짓이다

---

厭人責者 其行無進　悅人讚者 百事皆僞
염인책자 기행무진　열인찬자 백사개위

百 일백 백
皆 다 개
僞 거짓 위

　사람은 대체로 자신이 듣고 싶은 말만 듣고 기억하는 경향이 있다고 합니다. 듣기 좋은 말로 칭찬하고 추켜세우는 말만 듣기를 좋아하면 잘못된 길로 빠지기 쉽습니다.

　어린 아이들이라도 바른 말보다는 '잘했다' 는 말을 들으려고 하지요. 이렇게 어릴 때부터 잘한다, 잘했다 하는 말만 듣고 자란 아이들은 어른이 된 뒤에 남의 비판을 들으려 하지 않고 잘못을 나무라는 말을 들으면 견디지 못한답니다.

　다른 사람이 나를 비판하는 이야기를 귀 기울여 듣고 자기가 무엇을 잘못했는지 돌아볼 줄 알아야 합니다.

　남이 비판하는 말을 조금도 들으려 하지 않는다면 어떻게 남들과 어울려 살 수 있겠습니까?

# 몸가짐 이야기

# 원형이정은 한결같은 자연의 질서이다
## 인의예지는 보편적인 인간의 본성이다

---

元亨利貞 天道之常　仁義禮智 人性之綱
원형이정 천도지상　인의예지 인성지강

원형이정元亨利貞은 봄, 여름, 가을, 겨울로 끊임없이 돌아가는 자연의 질서를 상징하는 말입니다.

원元은 좋은 것의 으뜸이라는 뜻입니다. 봄은 네 계절의 으뜸이며 생명이 새로 약동하는 처음이기 때문에 봄을 '원' 이라고 합니다.

형亨은 아름다운 것이 모여서 형통하다는 뜻입니다. 여름에는 만물이 무성하게 자라기 때문에 여름을 '형' 이라고 합니다.

이利는 옳은 것이 모여서 조화를 이루었다는 뜻입니다. 참다운 이로움이란 옳은 것이 모여서 조화를 이룬 것이어야 합니다. 가을이면 오곡백과가 무르익어 모두가 결실을 하기 때문에 가을을 '이' 라고 합니다.

정貞은 일의 줄기라는 뜻입니다. 겨울에는 삼라만상이 생장을 멈추고 안으로 깊이 잠겨들며, 짐승도, 벌레도 깊이 들어가 잠을 자고 새봄에 새로 약동할 생명력을 안으로 간직하여 속으로 기르며 한 해가 마무리 되기 때문에 겨울을 '정' 이라고 합니다.

元 으뜸 원
亨 형통할 형
利 이로울 이
貞 곧을 정
性 성품 성
綱 벼리 강

이와 같은 자연의 질서에 짝을 이루는 사람의 덕목을 인의예지仁義禮智라고 합니다.

인仁은 봄의 따뜻함처럼 사람과 삼라만상을 사랑하는 것입니다.

의義는 사회를 이롭게 하고 삼라만상을 이롭게 하는 것입니다. 계절로는 가을에 해당하는데, 가을에는 서리가 내려 만물의 생장을 멈추게 합니다. 이런 가을의 기운을 싸늘하게 죽이는 기운이라고 하는데 정의로운 심판의 의미가 있습니다.

예禮는 의식을 경건하게 거행하고 예의범절을 잘 갖추어 위의를 보이고 위아래가 제자리를 지키게 하는 것입니다. 여름에 만물이 제 모습대로 마음껏 자라는 것을 의미합니다.

지智는 일의 줄기를 파악하여 그것을 지키는 것입니다. 겨울에는 더는 생장하지 않고 자기 성질을 안으로 간직하여 굳게 지키기 때문에 '지'는 겨울에 해당합니다.

옛 서울의 도성인 한양성의 사대문 이름이 흥인지문, 숭례문, 돈의문, 숙정문입니다.

인은 봄과 동쪽에 해당하기 때문에 동쪽 대문을 인을 일으키는 문이라고 하여 흥인지문興仁之門이라고 했습니다.

예는 여름과 남쪽에 해당하기 때문에 남쪽 대문을 예를 높이는 문이라 하여 숭례문崇禮門이라고 했습니다.

의는 가을과 서쪽에 해당하기 때문에 서쪽 대문을 의로움을 돈독하게 하는 문이라 하여 돈의문敦義門이라고 했습니다.

지는 겨울과 북쪽에 해당하는데, 북쪽 대문도 원래는 지를 넣어서 이름을 붙였다고 합니다. 그러나 얼마 안 되어 숙정문肅靖門으로 고쳤다고 합니다.

그리고 사람의 본성을 인의예지라고 하는데, 여기에 신信, 곧, 믿음을 넣어서 인의예지신이라고도 합니다.

신은 중심을 상징합니다. 그래서 한양성 한가운데에 보신각普信閣이

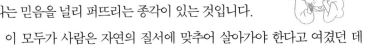

라는 믿음을 널리 퍼뜨리는 종각이 있는 것입니다.

　이 모두가 사람은 자연의 질서에 맞추어 살아가야 한다고 여겼던 데서 나온 생각입니다.

## 사람이 귀한 까닭은 오륜과 삼강 때문이다

부자 사이에는 친밀하며 임금과 신하 사이에는 의리가 있다.

부부 사이에는 분별이 있고 어른과 어린이 사이에는 차례가 있다.

벗 사이에는 믿음이 있다. 이것이 오륜이다.

임금은 신하의 표준이 되며 부모는 자식의 표준이 된다.

남편은 아내의 표준이 된다. 이것이 삼강이다.

사람이 귀한 까닭은 오륜과 삼강 때문이다.

父子有親 君臣有義　夫婦有別 長幼有序

부자유친 군신유의　부부유별 장유유서

朋友有信 是謂五倫　君爲臣綱 父爲子綱

붕우유신 시위오륜　군위신강 부위자강

夫爲婦綱 是謂三綱　人所以貴 以其倫綱

부위부강 시위삼강　인소이귀 이기륜강

판소리 흥보가에 이런 대목이 있습니다.

"옛날에 운봉 함양 두 얼품에 사는, 흥부 놀부 두 형제가 사는디, 놀보는 형이요, 흥보는 아우였다. 사람마다 오장이 다 육본디 놀보만은 오장이 칠보더랍니다. 어찌하여 그러는고는, 왼편 갈비 밑에 가서 심술보가 생겼으되, 장기 궁짝처럼 똥도드롬허니 생겨 가지고, 밥 곧 먹으면 일이 없이 꼭 심술만 부리고 있는디, 이렇게 허더랍니다. 대장군방 벌목허고 삼살방으다 이사 권코, 오구방에다 집을 짓고, 길 가는 과객 양반 재울 듯이 붙들었다 해가 지면은 내어쫓고, 거사 보면은 소고 小鼓 도적, 양반 보면은 관을 찢고, 의연 보면은 침 도적질, 초상난 데 춤을 추고, 불난 데 부채질 쏼쏼, 고추밭에 말 달리기, 비단전에다 물총 놓기, 옹기전에다 팽매 쐬고, 물 이고 가는 여자 귀 잡고 입 맞추고, 다 큰 큰애기 겁탈하고, 수절 과부는 모함 잡고, 봉사 입에다 똥칠하고, 우는 애기는 더 때리고, 배 앓는 놈 살구 주고, 길가에 허방 놓고,

소리허는 데 잔소리, 풍류허는 데 나팔 불고, 이놈이 이리 심술이 많을
진대, 삼강을 아느냐, 오륜을 아느냐? 이 난장을 맞일 놈이."

한의학에서는 사람의 속은 오장육부五臟六腑라고 하여 다섯 장기와
여섯 부위가 있어서 먹은 음식을 소화하고 힘을 내고 희로애락의 감정
을 느끼고 살아가는 바탕이 된다고 합니다. 그런데 놀부는 보통 사람에
게 없는 심술보부가 하나 더 있어서 오장칠부랍니다. 심술보가 움직이
면 온갖 심술을 다 부리니 이 천하의 망나니는 삼강과 오륜을 모르는 놈
이랍니다. 참고로, 대장군방, 삼살방, 오귀방은 옛날 민간 신앙과 점술
에서 흉한 방향으로 알려져 있어서 이 방향으로는 이사를 하지 않고 집
을 짓지도 않으며 그쪽으로는 쇠붙이를 쓰지 않는다고 합니다. 아무튼
이런 놀부는 한마디로 사람도 아니라는 것입니다.

삼강은 신하, 아들, 아내를 각각 임금, 아버지, 남편에 예속된 관계로

보는 윤리입니다. 상하의 질서와 신분의 분수를 중시한 조선 시대에는 보편적인 윤리였지만 지금의 민주 사회에는 어울리지 않습니다. 오륜의 륜倫은 무리 지음과 관련이 있는 말입니다. 사람은 누구나 부모와 자식, 군주 사회 또는 국가와 개인, 부부, 어른과 어린이 또는 선배와 후배, 벗과 동료의 관계를 맺고 살아갑니다. 이 다섯 가지 관계 가운데 한두 가지 관계에서 벗어나 있는 사람은 있지만, 크게 보아 이 다섯 가지 관계 모두에서 벗어나 있는 사람은 아무도 없습니다. 이 인간관계에서 지켜야 할 덕목을 오륜이라고 합니다. 부모 자식 사이에서의 친함, 사회와 개인 사이에서의 정의, 부부 사이에서의 역할 분담, 선후배 사이 또는 어른과 어린이 사이에서의 질서, 벗들 사이에서의 신의는 표현하는 방식이 조금씩 달라도 예나 지금이나 필요한 윤리입니다. 배고프면 먹고 졸리면 자고 암수가 짝지어 새끼를 낳는 것은 사람도 짐승과 차이가 없습니다. 그러나 사람이 짐승과 다른 점은 윤리와 도덕을 알고 실천하는 데 있습니다.

걸음걸이는 침착하고, 손놀림은 공손해야 한다.

눈빛은 단정히 하고, 입은 듬직하게 다물어야 한다.

목소리는 조용조용히 하며, 고개를 똑바로 한다.

숨쉴 때에는 엄숙하게 쉬고, 서 있는 모습은 덕스러워야 한다.

낯빛은 씩씩해야 한다. 이것이 아홉 가지 몸가짐이다.

볼 때에는 분명하게 보고, 들을 때에는 잘 알아들어야 한다.

얼굴은 온화하게 하고, 용모는 공손해야 한다.

말은 충직하게 하고, 일은 경건하게 해야 한다.

의문이 생기면 묻고, 성이 나면 뒤에 닥칠 곤란을 생각한다.

이득이 있으면 옳은 것인지 살핀다. 이것이 아홉 가지 생각할 것이다.

足容必重 手容必恭　目容必端 口容必止

족용필중 수용필공　목용필단 구용필지

聲容必靜 頭容必直　氣容必肅 立容必德

성용필정 두용필직　기용필숙 입용필덕

足 발 족
容 모양, 몸가짐 용
重 무거울 중
端 바를 단
口 입 구
止 그칠 지

色容必莊 是曰九容　視必思明 聽必思聰

색용필장 시왈구용　시필사명 청필사총

色必思溫 貌必思恭　言必事忠 事必思敬

언필사충 사필사경　색필사온 모필사공

疑必思問 忿必思難　見得思義 是曰九思

의필사문 분필사난　견득사의 시왈구사

　흔히 마음 가는 데 몸도 간다고도 하고, 몸이 원하는 것을 마음도 원한다고도 합니다. 앞의 말은 마음이 몸의 주인이라고 하는 오랜 생각에서 나온 말입니다. 동양이나 서양이나 옛날 학식과 덕이 많은 현자, 수양을 많이 쌓은 승려들은 마음이 몸의 주인이라는 생각으로 오랜 세월 동안 마음 다스리는 공부를 하였습니다. 어떤 사람들은 깊은 산속에 들어가 참선을 하거나 먹지도 자지도 않고 뼈를 깎는 수행을 하기도 했습니다. 참마음을 찾으려는 것이었지요. 심지어는 몸이 바라는 것을 죄악

靜 고요할 정
頭 머리 두
肅 엄숙할 숙
色 얼굴빛 색
莊 씩씩할 장
曰 가로 왈
九 아홉 구

시하는 사람도 있습니다.

그런데 현대로 오면서 차츰 몸이야말로 참으로 내게 있는 하나밖에 없는 것이라고 생각하게 되었습니다. 그래서 몸이 바라는 것을 채우려고 합니다. 어떤 학자는 우리가 문득 무언가를 먹고 싶은 생각이 들면 그 먹을거리에 든 성분이 우리 몸에 필요하기 때문이라고도 합니다.

우리가 누구를 사랑하거나 미워하고, 무엇을 먹거나 즐기고 싶어하는 것이 다 몸에서 일어나는 일입니다. 나는 누구를 좋아하는데, 남들은 꼭 그렇지는 않습니다. 내가 어떤 사람을 평가할 때, 참 아름답다거나 멋있다고 하는데, 남들은 그렇게 생각하지 않을 수도 있습니다. 나는 부드럽고 섬세한 느낌을 좋아하는데, 어떤 사람은 강하고 기운찬 느낌을 좋아합니다. 이렇게 서로 사람마다 다르게 생각하고 다르게 느끼는 것은 몸의 호르몬이 사람마다 일으키는 작용이 다르기 때문이라고도 하고, 타고난 몸의 구조가 사람마다 다르기 때문이라고도 합니다.

그런데 한편으로 생각해 보면 마음과 몸은 서로 따르는 것인 듯합니

明 밝을 명
視 볼 시
聰 귀 밝을 총
貌 모양 모
疑 의심할 의
問 물을 문
忿 성낼 분

다. 몸가짐이 반듯하면 마음도 반듯해지고, 마음이 반듯하면 또 몸가짐이 바르게 됩니다.

어린아이가 생각이 신선하고 자유로운 것은 그만큼 몸에 생기가 있고 활기가 넘치기 때문입니다. 나이가 들어 몸이 뻣뻣해지고 동작이 둔해지면 생각도 굳어집니다. 그래서 새로운 것을 잘 받아들이지 못하고 틀에 박힌 행동을 하고 고정관념에 사로잡힙니다.

유교에서는 사람의 본성은 착하지만 감정의 표현은 좋을 수도 있고 나쁠 수도 있다고 합니다. 감정은 외부의 자극을 받아 반응하는 것인데, 몸의 지각, 몸의 욕구와 관계가 있습니다. 다시 말해, 몸은 편안한 것, 안락한 것, 즐거운 것, 유쾌한 것, 맛있는 것, 듣기 좋은 것, 보기 좋은 것을 찾는데, 이런 욕구를 올바른 조건에서 정당한 방법으로 얻으면 괜찮지만 현실에서는 그렇게 하기가 어렵다는 것입니다. 실제로 올바르지 않은 조건에서 부당한 방법으로 욕구를 채우려고 하는 일이 더 많습니다.

그러므로 몸의 욕구, 감정의 흐름을 그대로 따르면 잘못을 저지르기가 쉽습니다. 욕구는 적절하게 충족시키고 어느 정도 는 절제해야 합니다. 텔레비전에서 유명 연예인을 인터 뷰하여 방송하는 프로그램을 보면 가끔 이런 말을 하는 연예인들이 있습니다. "나는 어릴 때부터 하기 싫은 일은 죽어도 하지 않고 하고 싶은 일은 꼭 하고야 말았다." 자랑스럽게 이런 말을 합니다.

그런데 어릴 때부터 하고 싶은 일과 하기 싫은 일이 어떤 일들이었는 지 곰곰 생각해 보세요. 하기 싫지만 꼭 해야 할 일도 있고, 하고 싶지만 해서는 안 되는 일도 있습니다. 몸가짐과 생각을 반듯하게 해야 올바른 사람이 됩니다.

예가 아니면 보지 말고 예가 아니면 듣지 말라
예가 아니면 말하지 말고 예가 아니면 행동하지 말라

非禮勿視 非禮勿聽　非禮勿言 非禮勿動
비례물시 비례물청　비례물언 비례물동

안회는 공자가 가장 아끼고 사랑한 제자였습니다.

안회는 무척 가난하여 거친 잡곡밥으로 겨우 끼니를 떼우거나 그마저도 없는 날에는 물 한 바가지로 주린 배를 채워야 했습니다. 살림살이는 비록 어려웠으나, 안회는 늘 공자의 가르침을 즐거워하며 묵묵히 실천하였습니다. 다른 제자들은 공자에게서 가끔 꾸지람을 받았지만 안회는 한 번도 공자로부터 꾸중을 듣는 일이 없었습니다. 소극적인 제자를 격려하고 너무 나서는 제자를 누그러뜨리되 제자를 칭찬하는 말은 많이 하지 않은 공자가 안회에게만은 칭찬을 아끼지 않았습니다.

한번은 공자가 이런 말을 했습니다.

"회는 나에게 아무런 도움이 되지 않는 사람이다. 내 말에 기뻐하지 않은 적이 없다."

내가 하는 말이 언제나 맞을 수는 없을 텐데, 내가 말을 잘못할 때 지적을 해 주어야 나에게 도움이 될 텐데 안회는 내가 무슨 말을 해도 도무지 반대 의견을 낼 줄 모르고 기뻐하기만 하니 나에게 도움이 되지 않는다고 불평합니다. 얼핏 들으면 이 말은 공자가 안회에 대해 유감을 표현한 것 같지만 실은 공자가 매우 기뻐서 한 말이랍니다. 안회는 공자의 말뿐만 아니라 공자의 의도까지도 잘 알았다는 것입니다. 그래서 공자는 안회가 일찍 죽자 소리 내어 울면서 "하늘이 나를 망치는구나! 하늘이 나를 망치는구나!" 하고 안타까워했답니다.

공자는 제자들의 눈높이에 맞춰 교육을 한 것으로 유명합니다.

그래서 제자들이 "인仁이 뭡니까, 효孝가 뭡니까?" 하고 물으면 묻는 사람의 수준에 맞춰서 제각기 대답해 주었습니다.

인이 무엇인지 물었을 때 공자는 어떤 제자에게는 사람을 사랑하는 것이라고 대답했고, 어떤 제자에게는 자기가 하고 싶지 않은 것을 남에게 시키지 않는 것이라고도 대답했고, 어떤 제자에게는 어려운 일을 먼저 하고 보상은 나중에 생각하는 것이라고도 했습니다.

그런데 가장 아끼던 제자 안회가 인에 대해 묻자, 공자는 자기를 극복

하여 예禮로 돌아가는 것이라고 했습니다. 구체적인 방법을 묻자, 예가 아니면 보지도, 듣지도, 말하지도, 행하지도 말라고 하였습니다.

공자가 다른 제자의 물음에 답해 준 것은 사람과 사람 사이의 인, 다시 말해 개인적인 인이라면, 안회의 물음에 답한 것은 세상을 다스리고 바람직한 사회를 이룩하는 인입니다.

예가 아닌 것을 보지도, 듣지도, 말하지도, 행하지도 말라고 하면 요즘 사회에서는 정말 눈감고 귀 막고 입을 다물고 아무것도 하지 않아야 하겠지요. 그러나 이렇게 글자 그대로 받아들이기보다는 어떤 상황에 맞닥뜨리더라도 무엇이 옳고 무엇이 그른지를 생각하는 문제의식을 가지고 반성과 성찰을 해야 한다는 것입니다.

무엇이 예이고, 어떤 것이 예에 맞는가 하는 물음에 대한 답은 시대와 장소에 따라 다를 것입니다. 그렇지만 적어도 이런 것은 예에 어긋난다, 이런 것은 예에 맞다 하고 누구나 인정하는 보편적인 기준은 있습니다.

행동은 정직하게 하고, 말은 믿음직하고 참되게 한다
용모를 단정히 하고, 옷과 모자를 반듯하고 가지런하게 한다

行必正直 言則信實　容貌端正 衣冠整齊
행필정직 언즉신실　용모단정 의관정제

冠 갓 관
齊 가지런할 제

옷은 몸을 가리고 보호하기 위해 생겨난 것입니다. 그러나 옷은 또한 자기표현의 한 가지 수단이기도 합니다. 짐승은 짝짓기를 할 때가 되면 수컷이 암컷을 꾀려고 온갖 치장을 하거나 화려한 모습을 돋보이게 합니다. 사람도 누구나 남에게 인정받고, 자기를 돋보이게 하고 싶어합니다. 그래서 남다른 옷차림을 하거나 정성껏 치장을 합니다. 또 집단의식을 강조하기 위해서는 교복이나 군복, 운동복 같은 유니폼을 입기도 하고, 한 시대의 흐름에서 빠지지 않으려고 유행하는 복장을 하기도 합니다. 옷은 개성의 표현이기도 하고 자신을 나타내는 상징이나 기호記號이기도 한 것입니다. 자신의 미감美感, 정치 성향, 사회의식도 옷을 통해 나타낼 수 있고, 자신의 가치관, 철학도 옷을 통해 나타낼 수 있습니다. 그러나 일상생활에서는 편리하고 실용성 있는 옷을 단정하게 입는 것도 아름답습니다. 내면을 아름답게 가꾸지 않고 겉모습에만 치우치면 자칫 공허해집니다.

집에서는 공손하고 걸을 때는 편안하고 침착하게 걷는다
일의 계획을 잘 세우고 말할 때에는 실천할 수 있는지 살핀다

居處必恭 步履安詳　作事謀始 出言顧行
거처필공 보리안상　작사모시 출언고행

處 곳 처
履 밟을 리
詳 자세할 상
作 지을 작

「한비자」에 이런 이야기가 있습니다.

공자의 제자인 증자와 그의 아내가 시장에 가려고 하는데 아이가 따라가려고 치맛자락을 잡고 울며 보챘습니다. 증자의 아내가 아이에게 말했습니다.

"돼지를 잡아 고기를 먹게 해 줄 테니 울지 말고 집에서 기다리렴."

그 뒤 아내와 함께 시장에서 돌아온 증자가 돼지의 다리를 묶고 잡으려고 했습니다. 아내는 멀쩡한 돼지를 왜 갑자기 잡으려 하느냐며 증자를 말렸습니다. 그러자 증자가 말했습니다.

"당신이 돌아와서 돼지를 잡아 준다고 아이한테 말하지 않았소?"

아내가 말했습니다.

"아이를 달래려고 일부러 거짓말을 한 것인데 아깝게 돼지를 잡으려고 합니까?"

이에 증자가 말했습니다.

"어떻게 아이를 속일 수 있단 말이오. 아이들은 아무것도 모르기 때

문에 부모를 보고 따라 배우는 것이오. 지금 당신이 아이를 속이는 것은 아이에게 남을 속이도록 가르치는 것이라오. 어머니가 자기 아이를 속이면 아이는 어머니를 믿지 못할 것이오."

말을 끝낸 뒤 증자는 돼지를 잡았습니다.

증자의 아내는 어려운 상황을 벗어나려고 앞뒤 생각 없이 성급하게 말을 내뱉었습니다. 그래서 살림 밑천일 수도 있는 돼지를 어이없게 잃었습니다. 그러나 증자는 아내와 아이에게 큰 교육을 한 것입니다. 자기가 한 말은 반드시 책임을 져야 한다는 것 말입니다.

정치가들의 공약公約은 공약空約이라는 말도 합니다. 그만큼 말과 행동이 일치하지 않는다는 것입니다. 한번 내뱉은 말은 반드시 책임을 져야 합니다. 말과 행동이 일치하기는 어렵기 때문에 말을 할 때는 그만큼 신중해야 합니다. 하지도 못할 일을 미리 떠벌리는 것만큼 실없는 일도 없습니다.

떳떳한 덕을 굳게 지키고 신중하게 승낙한다
음식을 조심하고 절제하며 말은 공손히 한다

常德固持 然諾重應　飮食愼節 言語恭遜
상덕고지 연낙중응　음식신절 언어공손


　이익을 위해 사람이 모이고 경쟁 속에서 살아가는 오늘날에는 양심과 도덕을 지키기가 참 어렵습니다. 사실 도덕을 지키며 사는 것은 꽤 불편합니다. 그러나 도덕이 없이는 사회를 지탱할 수 없습니다. 어느 사회든지 사회 구성원이 서로 합의하고 인정하는 도덕규범이 있습니다. 우리는 사회의 도덕규범을 마땅히 지켜야 할 뿐만 아니라 민주 시민이라면 개인의 양심적인 도덕률도 지켜야 합니다.

　일본 속담에 "80퍼센트만 먹으면 의사가 필요 없다"는 말이 있습니다. 양에 조금 모자란 듯 먹으면 늘 건강하다는 말입니다. 현대 사회의 퇴행성 질환 대부분이 영양 과잉과 운동 부족이 원인이라고 합니다. 옛날에 견주어 잘 먹지만 몸을 덜 움직이기 때문에 먹은 것이 노폐물이 되어 몸 안에 쌓여서 병이 된다는 것입니다.
　내 배가 부르면 머슴의 배가 고픈 줄 모른다는 말이 있듯이 늘 배불리 먹는 사람은 주위에 배고픈 사람이 있어도 눈에 들어오지 않습니다.

어릴 때부터 패스트푸드와 청량음료, 단 것에 길들면 절제할 줄 모른다고 합니다. 음식을 절제하지 못하면 비만이 생기고 성질이 급해지고 참을성이 없어지고 난폭해진다고 합니다. 공손한 말에 거칠게 대응하는 사람은 없습니다.

옛날에 두 양반이 푸줏간에 고기를 사러 갔습니다. 한 양반이 푸줏간 주인에게 이렇게 말했습니다.

"에헴, 이놈, 만복아! 고기 한 근 끊어라."

만복이라는 푸줏간 주인이 고기 한 근을 썰어서 이 양반에게 싸 주었습니다. 같이 간 다른 양반이 말했습니다.

"여보게, 만복이! 자네, 나에게 고기 한 근만 끊어 주게."

푸줏간 주인이 또 고기 한 근을 저울에 달아서 썰어 주었습니다.

먼저 고기를 산 양반이 보니 나중 양반의 고기가 더 많아 보였습니다. 그래서 "야, 이놈아. 똑같이 돈 내고 한 근을 사는데 왜 나는 요만큼 주

固 굳을 고
持 가질 지
然 그러할 연
諾 대답할 낙
應 응할 응
語 말씀 어
遜 겸손할 손

고 저 양반에게는 저렇게 많이 주느냐" 하고 호통을 쳤습니다.

푸줏간 주인이 이렇게 대답했습니다.

"똑같은 백정한테서 고기를 사는데 왜 어떤 양반은 '이놈'이라고 하고 어떤 양반은 '여보게'라고 합니까?"

그러자 먼저 양반이 머쓱해서 아무 말도 못했답니다.

좋은 일은 서로 권하고 잘못은 서로 타이른다
예로 서로 사귀고 어려움은 서로 구제해 준다

---

德業相勸 過失相規　禮俗相交 患難相恤
덕업상권 과실상규　예속상교 환난상휼

業 일 업　勸 권할 권
規 법 규　俗 풍속 속
恤 구휼할 휼

　향약은 지주인 양반을 중심으로 향촌의 평민과 천민까지 포함하여 조직된, 조선 시대 마을의 상부상조하는 자치 규약입니다.

　향약 모임은 관권과 독립되어 마을의 크고 작은 일을 처리하고 화목을 도모하며, 선행과 악행을 판정하여 상벌을 주고, 예의와 규범을 밝히고 미풍양속을 권장하였습니다.

　조선 시대에 행정력이 미치지 않는 촌락에서도 치안과 규범이 잘 유지된 것은 향약이 큰 역할을 했기 때문이라고 합니다.

　향약은 한 지역 사람들이 힘을 합해 자연에 적응하여 살아가던 동계洞契의 전통과 유교적 윤리 규범이 결합하여 발전한 마을의 자치 규약이라고 생각됩니다. 이런 향약의 주요 정신이 위의 네 가지 약속입니다.

가난하고 어려운 일을 당하면 친척들이 서로 돕고
혼인과 초상에는 이웃이 서로 돕는다

貧窮困厄 親戚相救    婚姻死喪 鄰保相助
빈궁곤액 친척상구    혼인사상 인보상조

貧 가난할 빈 窮 궁할 궁 困 곤란할 곤
厄 재앙 액 戚 친척 척 婚 혼인할 혼
姻 혼인 인 死 죽을 사 喪 죽을 상 保 지킬 보 助 도울 조

기업 활동처럼 저마다 자신의 이익을 추구하는 이익 사회에서는 정
당하게 이익을 추구한다는 합리적인 이기주의와 이해타산에 따라 행동
하기 때문에, 인간관계가 능률이나 경제적인 이익을 따져서 비인격적
이고 간접적으로 이루어집니다. 나에게 경제적인 이익을 주는 사람이
라야 관계를 맺고, 서로 능력을 사고팔며, 정치적인 견해에 따라 모이
고 흩어집니다. 그 모든 행동의 밑바탕에는 이익을 추구하는 마음이 들
어 있습니다.

그러나 아무리 이익 사회라고 해도, 또 현대 사회가 개인주의 사회라
고 해도 사람이 혼자 살 수는 없습니다. 특히 오늘날은 자원이 점차 고
갈되고 지구 온난화를 비롯한 생태와 환경의 문제가 날로 심각해지고
있는 때인 만큼 자원을 아껴 쓰고 서로 돕는 소규모 공동체 정신을 되새
겨 보아야 할 때입니다.

자신을 닦고 집안을 잘 관리하는 것은 나라를 다스리는 근본이고
책 읽고 배우며 부지런하고 검소한 것은 집안을 일으키는 근본이다

修身齊家 治國之本　讀書勤儉 起家之本
수신제가 치국지본　독서근검 기가지본

나라를 위해 일하려면 먼저 자신을 수양하고 집안을 다스리는 것이
근본입니다.

「대학」에서는 「대학」의 가르침을 사물의 이치를 깨달아서 뜻을 참되
게 하고 마음을 바르게 하여 자기 수양을 하고 집안을 다스리고 나라를
다스려서 마침내 세상을 태평하게 만드는 것이라고 하였습니다.

그러면, 자기 수양을 이루지 못한 사람은 세상은 말할 것도 없고 집안
도 다스릴 수 없단 말인가, 언제 자기 수양을 하고 나서 집안과 나라와
세상을 태평하게 다스릴 수 있단 말인가 하고 물을 것입니다.

자기 수양과 집안 다스림, 나라 다스림과 온 세상을 태평하게 함은 앞
의 것을 완전히 이룬 다음 차례로 해 나가는 것이 아니라 앞의 것이 뒤
의 것의 원리가 된다는 것입니다. 곧 집안을 다스리건 나라를 다스리건
세상을 태평하게 하건 그 근본은 자기 수양에 있다는 것입니다.

자기를 수양하는 마음과 정성과 노력으로 집안과 나라와 세상을 다스
려야 한다는 것입니다.

옛날 선비들의 자세를 나타내는 말에 '행도수교行道垂教' 라는 말이 있습니다. 기회를 얻어 사회에 나아가면 자기가 갈고 닦은 도를 실천하고, 상황이 맞지 않아 뜻을 펼치기 어려우면 들어와서 후세를 가르친다는 것입니다.

나랏일하는 것을 도를 실천하는 것이라고 하였습니다. 나랏일이란 모든 사람이 골고루 잘 살 수 있도록 하는 일인데, 자기 수양을 철저히 하지 않은 사람이 나랏일을 맡으면 권력을 이용하여 자기 욕심만 채우고 자기와 가까운 사람에게만 혜택을 주게 됩니다.

옛날에는 독서를 하여 과거에 급제한 뒤 세상에 나아가서 나랏일을 하면 그 대가로 녹을 받고 명예가 따랐기 때문에 독서를 하는 것이 집안을 일으키는 방법이었습니다.

또한 관리가 되어 녹을 받건, 농사를 짓고 장사를 하건 근면 검소한 것은 예나 지금이나 집안을 일으키는 기본입니다.

사람의 덕행 가운데 겸손하고 양보하는 것이 으뜸이다
정성스럽고 진실하고 자애롭고 어질고 공손하고 검소해야 한다

---

忠信慈祥 溫良恭儉　人之德行 謙讓爲上
충신자상 온량공검　인지덕행 겸양위상

「주역」은 음과 양, 길과 흉이 뒤섞인 삼라만상과 삶의 원리를 밝힌 책입니다. 「주역」은 괘卦와 효爻로 구성되어 있는데, 효는 양을 나타내는 기호 '─'와 음을 나타내는 기호 '─ ─'를 말합니다. 자연의 변화와 운동은 뻗어 나가는 힘과 거둬들이는 힘, 양적인 변화와 음적인 변화, 양의 요소와 음의 요소가 있습니다. 이것을 각각 양효 '─'와 음효 '─ ─'로 나타낸 것입니다. 이 음효와 양효를 세 개씩 포갠 것을 팔괘라고 하는데, 하늘과 땅, 산과 못, 물과 불, 바람과 우레를 상징합니다.

이 여덟 가지 괘는 자연의 삼라만상을 대표합니다. 이 여덟 괘를 다시 포개어 여섯 효로 된 괘로 만든 것이 64괘인데, 64괘 각각의 효를 합하면 384효가 됩니다.

「주역」은 산가지 50개로 점을 쳐서 얻은 괘와 효를 해석하여 자연의 변화를 읽는 것입니다. 하늘과 땅을 제외한 모든 자연은 양과 음의 요소를 함께 지니고 있다고 합니다.

남자는 양, 여자는 음이지만 남자 가운데서도 아버지는 양, 아들은 음

良 어질 량
謙 겸손할 겸
讓 사양할 양
上 위 상

이고, 여자 가운데서도 어머니는 양, 딸은 음이며, 아들과 딸 가운데서
도 손위 형제는 양, 손아래 형제는 음인 식이 됩니다.

그러니까 위치나 역할에 따라서 음에도 양의 요소가 있고 양에도 음
의 요소가 있으며, 남자에게도 여성의 요소가 있고 여자에게도 남성의
요소가 있습니다. 삼라만상의 모든 자연물이 음 속에 양을, 양 속에 음
을 포함하고 있듯이 사람 사회에서 일어나는 모든 일은 길흉화복이 뒤
얽혀 있습니다. 길한 것은 좋지만 길한 것이 지나치면 도리어 흉한 것
이 되기도 합니다. 지금 형편이 길하다고 뒷일을 생각하지 않으면 흉
하게 되는 것입니다. 흉한 것은 나쁘지만 뉘우치고 조심하면 길하게도
됩니다.

그러니 흉한 것이 길한 것의, 길한 것이 흉한 것의 원인이 되기도 합
니다. 「주역」의 모든 괘는 길한 효와 흉한 효가 있는데, '겸괘'만은 여섯
효가 모두 길하고 좋습니다. 사물의 모든 것은 빛과 그림자가 있고 일에
는 좋은 면과 나쁜 면이 있으나 오직 겸손함에서는 나쁜 것이 없습니다.

겸손함과 비굴함은 다릅니다. 겸손함은 상대방을 배려하여 상대방을 존중하는 마음에서 나오지만, 비굴함은 상대방을 두려워하여 굽히고 상대방에게 무엇을 바라는 마음에서 나옵니다.

남의 단점을 말하지 말고 자기 장점을 내세우지 않으며
자기가 바라지 않는 것을 남에게 시키지 말라

莫談他短 靡恃己長　己所不欲 勿施於人
막담타단 미시기장　기소불욕 물시어인

短 짧을 단
靡 없을 미
恃 믿을 시
己 자기 기

충고를 하는 것과 남의 단점을 헐뜯고 까발리는 것은 다릅니다.

"남을 꾸짖는 마음으로 나를 꾸짖고, 나를 용서하는 마음으로 남을 용서하라"는 말이 있습니다. 칭찬은 남이 해 주는 것이지, 남에게 자기 자신을 칭찬하거나 자기 자랑을 늘어놓는 일은 삼가해야 합니다.

공자에게 제자 자공이 물었습니다.

"평생 동안 지킬 만한 한 마디 말이 있습니까?"

공자가 대답했습니다.

"그것은 남을 나처럼 생각해 주는 것이다. 자기가 바라지 않는 것을 남에게 시키지 말라."

도덕이란 그리 거창한 것이 아닙니다. 그저 내가 당할 때 불쾌한 일을 남에게 하지 않고, 내가 바라는 것은 남도 바라는 것임을 알아주는 것이 도덕의 바탕이 되는 것입니다.

「신약성서」를 보면 예수님이 이런 말을 했습니다.

"무엇이든지 남에게 대접 받고자 하는 대로 너희도 남을 대접하라."

세상을 살아가면서 거창한 도덕을 지키려고 할 것이 아니라 나 자신보다 남을 배려하는 마음만 가지면 충분합니다.

착한 일을 쌓은 집안에는 반드시 좋은 일이 있다
나쁜 일을 쌓은 집안에는 반드시 재앙이 있다

---

積善之家 必有餘慶　　不善之家 必有餘殃
적선지가 필유여경　　불선지가 필유여앙

조선 시대 철종 때 경주에 김기연이라는 선달이 살았습니다. 선달이
란 무과에 급제하고서 아직 정식으로 벼슬을 받지 않은 사람을 일컫는
말입니다.

이 김선달은 큰 부자였는데 일찍 아버지를 여의고 홀어머니를 모시고
살았습니다. 글에는 관심이 없고 활쏘기를 익혀서 무과에 급제했습니
다. 조선 시대 후기에는 과거 급제자가 많이 생기면서 벼슬을 얻지 못하
는 사람도 많았습니다. 그래서 급제한 뒤에도 벼슬자리를 얻으려고 여
기저기에 청탁하는 일이 흔했습니다. 김선달도 엽전 일천 꿰미를 마련
하여 서울로 길을 떠났습니다. 얼마 뒤 서울에 도착한 김선달은 여관을
정하고서는 벼슬을 사려고 하였으나 줄을 댈 길이 없어 날마다 대갓집
청지기들과 어울려 술과 노름을 일삼았습니다.

그런 생활을 한 탓에 김선달은 채 일 년도 채 되지 않아 돈을 다 날려
버리고 빈털터리가 되었습니다. 김선달은 하는 수 없이 다시 집으로 내
려갔습니다. 그러고는 어머니께, 아무개 정승이 나와 친하니 일천 꿰미

만 더 쓰면 군수나 현감 자리를 얻을 수 있다고 거짓말을 했습니다. 그 말을 그럴 듯하게 여긴 어머니는 그날로 논밭과 값나가는 물건을 팔아서 돈 일천 꿰미를 마련해 주었습니다.

서울로 올라온 김선달은 또 일 년도 못 가서 돈을 다 날려 버렸습니다. 이제는 아예 집으로 내려가지도 않고 서울에 앉아서 심부름꾼을 보내 내일이라도 당장 벼슬자리를 얻을 것처럼 속이고 재물을 올려 보내게 했습니다.

한편, 어머니는 아들이 돈을 어디에 어떻게 허비하는지도 모르고 심부름꾼이 내려오기만 하면 돈을 마련하여 올려 보냈습니다.

그러던 어느 날 김선달의 고향집에서 기별이 왔습니다. 그 많던 재산은 다 없어지고 빚이 산더미같이 쌓였으며, 어머니와 처자식은 이웃집 행랑채에서 셋방살이를 한다는 것이었습니다. 김선달은 이 말을 듣고 깜짝 놀라며 탄식했습니다.

"이게 무슨 사람 노릇인가? 서울에서 십 년이나 놀면서 재상 얼굴이 어떻게 생겼는지 보지도 못하고 공연히 늙은 어머니를 속여 재산을 탕진하고 말았구나!"

그제야 지니고 있던 돈을 세어 보니 아직 칠팔십 꿰미가 남아 있었습니다. 김선달은 한숨을 쉬면서 혼잣말을 했습니다.

"이 돈을 여기서 쓴다면 며칠밖에 쓰지 못하지만 집으로 가져가면 서너 달은 어머니에게 좋은 음식을 대접해 드릴 수 있다."

이에 같이 노름을 일삼던 동무와 일일이 손을 들어 이별의 인사를 하고 머슴에게 견마 잡혀서 성을 나섰습니다.

강을 건너 점심 무렵에 지금의 서울 거여동에서 말에게 꼴을 먹이고 쉬어 가게 되었습니다. 이때 마침 흉년이 들고 날도 몹시 추웠는데, 주막집 앞 길가에 굶어서 누렇게 뜬 여인이 헐벗은 채로 아이를 안고 골짜기를 향해 웅크리고 앉아 있었습니다. 막 점심을 먹던 김선달은 숟가락을 놓으며 주막 주인에게 말했습니다.

"저 여인을 잠시 들어오게 해라."

그 여인은 고개를 돌리고 기어서 방으로 들어와 쭈그리고 앉았습니다. 김선달은 먹던 밥상을 남겨서 그 여인이 먹도록 했습니다. 그리고 엽전 두 꿰미를 꺼내어 주면서 이렇게 말했습니다.

"속담에 입은 거지는 얻어먹어도 벗은 거지는 못 얻어먹는다고 했네. 이 돈을 가지고 낡은 치마저고리라도 사서 입고 빌어먹도록 하게."

그러고는 주막 주인을 향해, "어찌 사람이 죽어 가는 것을 보고서도 구해 줄 줄을 모르오?" 하고 꾸짖고는 말에 올라 주막을 나섰습니다. 그 여인은 감격하여 울면서 따라 나와 물었습니다.

"나리는 어느 곳에 계시는 분입니까?"

김선달이 대답했습니다.

"나는 나리가 아니고 경주 김선달이라고 하네."

여인이 말했습니다.

"어느 때에 다시 뵐 수 있겠습니까?"

"내가 이 길로 돌아가면 이제 서울과는 영영 작별인데 어찌 다시 볼 수 있겠는가?"

말을 마친 김선달은 말에 채찍을 휘두르며 뒤도 돌아
보지 않고 가 버렸습니다. 나그네가 굶주린 사람을 구해
주는 것을 본 주막 주인은 깨달은 바가 있어 그 여인에게 말했습니다.

"내가 너에게 헌 옷을 한 벌 줄 테니, 부엌에서 쌀을 이고 불 때는 일
을 도우며 쉰밥이나 대궁밥을 먹으면서라도 여기서 살겠는가?"

춥고 배고파서 금방이라도 쓰러져 죽을 판에 낯모르는 나그네한테서
엽전 두 꿰미를 얻고 당장 잘 곳과 먹을 것이 생겼으니 누군들 마다하겠
습니까? 그래서 이 여인은 이 주막에 머물러 일을 도우며 살게 되었습
니다.

며칠 뒤 강원도에서 온 담배 상인이 담뱃짐 한 바리를 지고 왔습니다.
주인이 별 뜻 없이 물어 보았습니다.

"값이 얼마인가요?"

장사꾼이 말했습니다.

"두 꿰미면 두고 가지요."

그러자 여인이 그것을 사겠다고 나섰습니다.

"지난 날 선달님이 주신 돈이 마침 두 꿰미이니 담뱃값에 꼭 맞습니다. 저에게 파십시오."

그해 오월이 되어 담뱃값이 크게 올라 여인은 엽전 스무 꿰미나 벌었습니다. 여인은 주막집에 방 하나를 세내어 고기, 과일, 생강, 마늘, 치자, 쪽, 버섯, 명반 따위를 팔았는데 겨울이 끝날 무렵에는 재산이 너덧 배나 불었습니다. 재산이 불어나자 점포도 크게 키워 짚신, 미투리, 닥종이, 명주, 비단, 떡, 엿, 청주, 탁주 들을 팔았습니다.

그 뒤로 십여 년 동안 해마다 풍년이 들어 경기가 나아졌습니다. 그러면서 임금의 능묘 행차, 세도가에 올려 보내는 뇌물 짐바리가 모두 여인의 점포 앞을 지나갔고 봄가을로 열리는 시험에 응시하는 선비들이 다투어 이 길로 몰려들면서 서울 근방에 있던 그 여관과 주막은 장사가 엄청나게 잘 되었습니다. 그러는 동안 여인의 재산도 수만 금으로 늘었고,

어느덧 소년으로 자란 아들도 여인이 하는 점포 옆에 목로를 내어서 장사를 했습니다.

　인근의 양주, 광주에 사는 술꾼들은 여인이 재산도 많고 혼자 산다는 것을 알고 첩으로 삼으려고 주막 주인과 짜고 여인을 설득하였습니다. 여인이 말했습니다.

　"나는 본래 아무개 고을 양갓집 아낙이었는데 흉년이 들어 남편이 굶어 죽어 아이를 안고 구걸을 다녔습니다. 추위와 굶주림에 지쳐 골짜기에 몸을 던져 죽으려는데 뜻밖에도 부처님 같은 분을 만나 남은 밥을 얻어먹고 돈까지 받아 거의 죽을 목숨을 건졌습니다. 그 돈으로 재산을 늘려 모자가 서로 의지하면서 오늘까지 살 수 있었으니 제 재산은 털끝 만한 것이라도 모두 김선달님이 주신 것입니다. 제가 어찌 은혜를 입고 다른 곳에 갈 수 있겠습니까? 선달님이 나를 찾아오신다면 선달님과 살고, 찾아오지 않으신다면 이대로 살다가 죽을 것입니다."

　여인의 단호한 결심을 들은 사람들은 모두 여인을 칭찬한 뒤에 돌아

갔습니다. 여인은 '이곳에 오래 있다가는 반드시 난처한 일을 면하기 어렵겠다' 고 생각하고, 재산을 정리하여 숭례문 밖으로 이사를 하였습니다. 그 뒤 여인은 날마다 김선달이 오기를 기다리며 몇 년을 보냈습니다.

철종 7년 봄에 우암 송시열의 후손인 송병일이 음직으로 벼슬을 받아 경주부윤이 되었는데 경주에서 신연맞이 하인들이 와서 성문 밖 몇 집에 머물렀습니다. 이 소식을 들은 여인은 아들을 보내 경주의 이방을 모셔오도록 했습니다.

이방이 여인의 아들에게 말했습니다.

"네 어머니는 누구시냐? 나는 지금 경주부윤 부임에 드는 지장전 이백 꿰미를 빌리는 일로 몹시 바쁘니 네 어머니의 청을 들어줄 수 없구나."

여인의 아들이 말했습니다.

"저희 집으로 가시기만 하면 이백 꿰미는 이자도 받지 않고 바로 빌려 드릴 수 있습니다."

이 말을 들은 이방은 심부름하는 아이 하나를 데리고 아들을 따라갔습니다. 이방이 그 집으로 가서 보니 안팎의 발이 화려하여 무척 잘 사는 집이 분명했습니다. 여인은 문을 열고 이방을 불러들여 술과 음식을 대접한 다음 말했습니다.

"경주부에 김선달이라는 분이 계시는데 이방 어른께서는 아십니까?"

이방이 대답했습니다.

"김씨 성을 가진 선달이 한 사람도 아니고, 아무리 적어도 서너 사람은 될 것입니다. 부인이 찾으시는 사람은 어디 사람입니까?"

"저도 함자를 모르고, 자나 호도 모릅니다. 다만 한 가지 표시는 있습니다. 왼쪽 뺨에 앵두 만한 사마귀가 있습니다."

그러자 이방은 자신이 부리는 머슴아이를 돌아보며 말했습니다.

"네가 아는지 모르겠다만 객사 동쪽 행랑채에서 짚신을 삼아 팔아서 먹고사는 사람인 게다."

머슴아이가 말했습니다.

"그 사람이 선달이었습니까?"

"너는 그 선달을 모를 것이다."

그러고는 지난 이야기를 풀어놓았습니다.

"십 년 전에 지팡이를 든 한 상주가 찾아와서 구걸하기를, '집이 가난하여 어머니를 장사 지낼 방법이 없습니다' 하여 내가 돈 한 꿰미와 쌀 말을 보태 주었습니다. 그 뒤 삼년상을 마친 상주가 상복을 벗고 탕건과 옷을 갖춰 입고 나를 찾아와 인사를 했습니다. 그래서 그가 선달인 것을 알게 되었습니다.

그는 사람 됨됨이가 심지가 굳지 않고 야무지지 못하여 구걸하며 살아가는데 옷이 점점 해지더니 두 내외가 볏짚을 두르고 다니는 것도 여러 번 보았답니다.

내가 보기에 하도 딱해서 '그대는 두 내외가 몸에 병이 없고 팔다리가 튼튼하니 품을 팔고 길쌈을 하고 물 긷고 절구질하는 일이라도 해서 먹고살 일이지 바가지를 차고 이 마을 저 마을 다니면서 구걸해서 먹고 사오? 한두 번 구걸하는 것은 어쩔 수 없는 일이지만 멀쩡
한 사람이 내내 그렇게 먹고사는 것을 보니 차마 못 보겠소'
하고 나무랐더니, 그는 내 말을 듣고 깨달았는지 나에게 이
렇게 말했습니다.

'볏짚 한 단만 구해 주시오. 내 시험 삼아 사립문을 만들어 보겠소.'

나는 그의 결심을 다행으로 여겨 짚을 구해 주었더니 며칠 못 가서 사
립문을 하나 만들었는데 그것으로 오류 푼을 벌었습니다. 김선달은 사
립문을 하루 서너 개씩 만들고 그의 아내도 이웃집 베 짜는 일이나 방아
찧기, 설거지를 도우며 자녀들을 데리고 객사에 얹혀서 그럭저럭 살아
가고 있습니다. 그런데 부인께서는 어떤 사정으로 그 사람의 일을 물으
십니까?"

여인은 이야기를 끝까지 듣고 나서 눈물을 줄줄 흘리며 말했습니다.

"바로 그분입니다. 제가 이백 꿰미를 이방 어른께 맡길 테니 지장전
으로 쓰시고 본전을 선달님께 틀림없이 전해 주십시오."

그러고는 문갑에서 편지지를 꺼내 선달에게 두 꿰미를 받은 돈으로 어떻게 하여 수만 금의 재산으로 늘렸는지를 자세히 썼습니다.

여인은 그 편지 끝에 가서 "살려 주실 때는 무슨 어진 마음이셨고 잊어버릴 때에는 이같이 박정하십니까? 지금 들으니 선달님이 여러 해 고생하시고 노숙을 하신다니 이 어찌 말이 되겠습니까? 약간의 물건을 보내 드리니 먼저 급한 대로 처자식을 구하고 속히 올라오시기를 간절히 바랍니다" 하고 썼습니다.

이방은 신연맞이를 하여 경주로 내려간 뒤 돈을 마련하여 김선달에게 전해 주면서 이렇게 말했습니다.

"서울에 있는 그대의 옛 벗이 이 돈 꿰미를 주었으니 받으시오."

그러고는 소매에서 편지를 꺼내 주었습니다. 마침 어스름 저녁이라 글자가 보이지 않았습니다. 김선달은 그 편지를 아내에게 주고 돈 꿰미를 방 안에 들여다 놓고 곰곰 생각해 보았습니다.

'내 돈을 먹은 사람이 많은데 누가 내 옛일을 기억하고 있단 말인가? 그러나 아무리 생각해 보아도 떠오르지 않았습니다.

그래서 이웃집에 가서 촛불을 빌려와서 편지를 읽어 보았습니다. 그것은 바로 서울 성 밖 주막에서 베푼 두 꿰미의 사연이었습니다. 편지를 절반도 채 못 읽어서 감격한 김선달은 아내를 끌어안고 눈물을 흘리며 탄식했습니다.

"서울에서 쓴 4, 5천 꿰미가 하나도 간 곳이 없는데 오직 두 꿰미만 쓴 곳이 나타나는구나."

그리고 아내와 상의하였습니다.

"우리가 중년에 고생을 많이 했으니 일백 꿰미로는 쌀과 고기를 사서 아이들과 배불리 먹고, 일백 꿰미로는 옷과 갓을 사고 말과 안장을 마련하여 서울에 한번 다녀와야겠소."

김선달은 숭례문 밖으로 가서 그 여인이 사는 집을 찾아갔습니다.

여인은 선달이 오는 것을 보고 버선발로 달려 나와 맞이하였습니다. 선달은 여인을 잘 알아보지 못했으나 여인은 바로 선달을 알아보았던

것입니다. 두 사람은 서로 손을 붙잡고 통곡을 했습니다.

여인은 원망 섞인 목소리로 "은혜를 원수처럼 여겼습니다" 하고 진수성찬을 차려서 대접하며 죽은 이가 살아 돌아온 것처럼 기뻐했습니다. 여인은 "돈 두 꿰미가 이만 꿰미가 되었습니다. 일만 꿰미로는 선달님의 처자식이 먹고살도록 하세요. 그리고 일만 꿰미는 제가 간수하겠습니다. 저의 아들은 전 남편의 혈육인데 이 아이가 먹고살 수 있도록 하겠습니다."

그러고는 김선달의 식구를 모두 서울로 이사 오게 해서 가까운 곳에 살게 하고 두 집이 서로 오가며 정답게 잘 살았답니다.

옛날 우리 선조들은 자신에게 도움을 청하는 사람을 도와야 자신의 자손도 남에게서 도움을 받을 수 있다고 생각하였습니다. 그래서 빌어먹는 거지도 함부로 박대하지 않았습니다. 내 자식이 언제 팔자가 기박하여 거지 신세가 될지도 모르기 때문이었습니다. 그리고 남에게 도움을 주면 내가 살아생전에 보답을 받지 못하더라도 후손이 복을 받는다는 믿음이 있었습니다.

우리 마을은 육이오전쟁 때에도 큰 피해를 입지 않았습니다. 인근 마을만 해도 전투가 벌어져서 하룻밤에 몇 사람이 죽었다는 둥, 한날에 제사가 몇 집이 든다는 둥 끔찍한 봉변을 많이 당했습니다만 우리 마을에서는 기껏해야 인민군에 의해 급조된 조직에 가담했다는 이유로 전쟁이 끝난 뒤 몇 사람이 경찰서에 불려가 조금 고생을 하다 나온 정도였습니다. 우리 마을이 이렇게 거의 피해를 보지 않은 데는 까닭이 있습니다.

당시 우리 마을의 이장 역할을 하던 이웃집 할아버지는 강단이 있는 사람이었습니다. 인민군이나 빨치산이 내려와서 간장을 달라고 하면 낡은 멍석을 삶아서 소금을 타서 주었고 국군이 들어오면 또 적당히 처신을 잘하였습니다. 전쟁이 끝난 뒤 인민군에게 부역한 사람들을 찾아내어 처벌을 하는데 우리 마을에서도 몇 사람이 붙잡혀 가게 되었습니다. 그러자 할아버지는 군인과 경찰의 총부리에 가슴을 들이대며 세게 나갔습니다.

"이 사람들은 죽지 못해 따라간 것뿐이다. 죽일 테면 나를 죽여라. 이 사람들은 우리 마을 사람들을 살리기 위해 내 말을 들은 것뿐이다."

그러자 군인과 경찰들은 이 할아버지의 말을 그럴듯하게 여겨 잡아가려던 사람들을 놓아 주었답니다. 그 뒤로 이 할아버지 때문에 살아난 사람들과 그 집안 사람들은 이 할아버지가 돌아가시고 그 손자들 대에 이르기까지 두고두고 고마움을 표시했습니다.

좋은 일을 하면 반드시 그 보답이 있습니다. 당장 보답이 있지 않더라도 언제 어느 모양으로라도 반드시 보답을 받게 됩니다.

남에게 손해를 끼치고 이익을 취하면 끝내는 자신에게 해가 된다
재앙과 복은 들어오는 문이 없으니 오직 사람이 불러들인다

損人利己 終是自害　禍福無門 唯人所召
손인이기 종시자해　화복무문 유인소소

損 덜, 상할 손 禍 재앙 화
福 복 복 召 부를 소

현대 사회는 나만 잘 살면 된다고 생각하는 사회가 되어 버렸습니다. 남에게 해를 끼치면서라도 수단과 방법을 가리지 않고 나만 잘 살면 된다는 것입니다. 어려서부터 경쟁하는 것만 배우는 사회가 되었으니 당연한 일인지도 모르겠습니다. 남에게는 해를 끼치면서 자기만 이롭게 한다면 정말로 행복할까요?

행복과 불행은 정해진 것이 아닙니다. '새옹지마'라는 말처럼 행복이 불행으로 바뀌기도 하고 불행이 행복으로 바뀌기도 합니다.

어쩌면 행복이란 생각하기에 달려 있는지도 모르겠습니다. 불교에서는 마음공부라는 말을 많이 합니다. 어떤 일이든 좋은 쪽으로 보면 좋게 보이고 나쁜 쪽으로 보면 나쁘게 보이기 마련입니다. 결국 행복과 불행은 내가 어떻게 보느냐에 달려 있는 셈입니다.

한때 어떤 종교에서 자신을 먼저 돌아보고 반성하자는 뜻에서 "내 탓이오!"라는 말이 적힌 스티커를 신도들에게 나눠 주어 자동차에 붙이고 다닌 적이 있었습니다. 그런데 사람들이 대부분 그 스티커를 자동차 뒤

유리창에 붙이고 다니는 바람에, 그 본래의 취지와 달리, 마치 뒤에 오는 자동차의 운전자가 보고 네 탓이니 네가 반성하라고 말하는 듯이 보이기도 했습니다.

어쨌든 행복이든 불행이든 모두 내 탓이라고 하겠습니다.

아! 아이들아, 이 책의 가르침을 경건하게 받아들여라
이 늙은이의 말이 아니라 성인의 가르침이니라

嗟嗟小子 敬受此書　非我言耄 惟聖之謨
차차소자 경수차서　비아언모 유성지모

嗟 탄식할·감탄할 차
耄 늙은이 모
聖 성스러울 성　惟 오직 유

늙으면 잔소리가 는다는 말이 있습니다. 사실 어른은 진심에서 우러
난 훈계와 충고를 말하지만 어린 세대는 그 충고의 의미를 실감하지 못
하기 때문에 잔소리로 듣는 것입니다.

어른은 어릴 때부터 좌충우돌하며 겪어 온 오랜 경험을 통해 깨달은
삶의 이치를 실행할 시간도 힘도 없기 때문에 어린 세대한테 자신처럼
시간을 낭비하지 말라고 충고하는 것입니다.

안타까운 마음이 크면 클수록 잔소리는 더 심해지고 듣는 어린 세대
는 더 귀찮아하는 것입니다. 이런 잔소리를 하는 어른도 어릴 때는 윗세
대의 훈계를 역시 잔소리로 여기고 귀찮아했을 겁니다. 틀림없이.

아! 여러분, 이 책의 가르침을 부디 경건하게 받아들이기를!